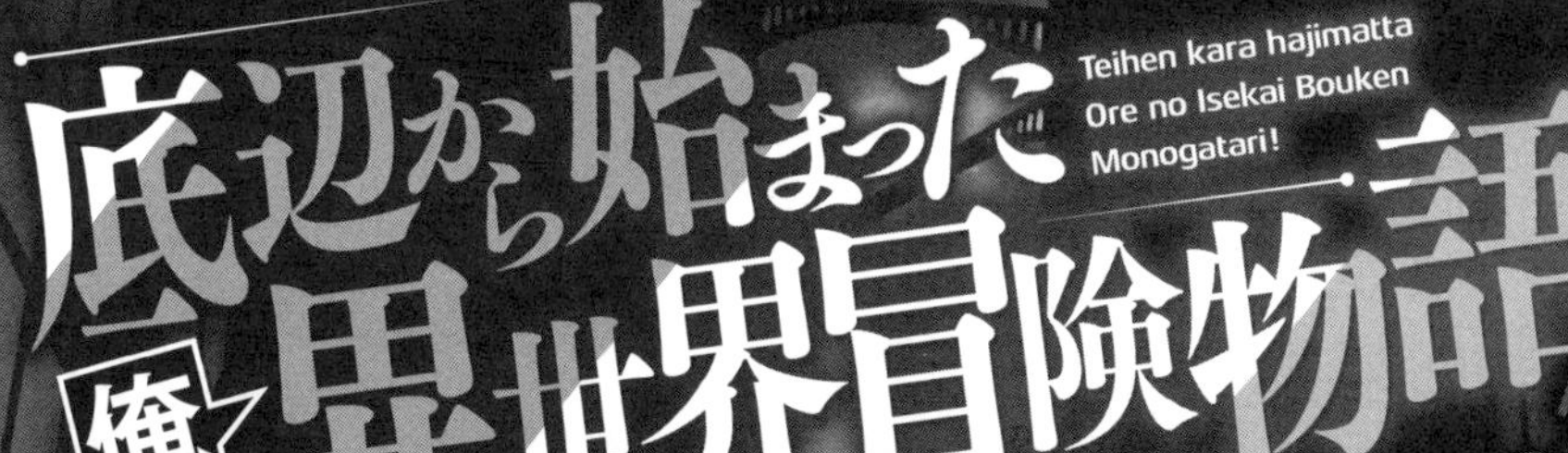

【ていへんからはじまったおれのいせかいぼうけんものがたり】

ちかっぱ雪比呂

Chikappa Yukihiro

イラスト：木志田コテツ

シオン
ホームレス。
案外、面倒見がいい。
ダンク
裏ギルドの受付。
シオンが好み。
ミーツ
ましまみつる
真島光流
勇者紹介に巻き込まれた40歳。
年齢の割にステータスが低くて、
城を追放されるが…。
登場人物紹介
CHARACTERS

桜乙女愛
さくらおとめあい
異世界に召喚された高校生。
『大賢者』の称号を持つ。
大和撫子
やまとなでしこ
異世界に召喚された高校生。
『勇者(仮)』の称号を持つ。
浜崎アリス
はまさきアリス
異世界に召喚された高校生。
『大魔導師』の称号を持つ。
鈴木英雄
すずきヒーロー
異世界に召喚された高校生。
『聖騎士』の称号を持つ。
田中正義
たなか ジャスティス
異世界に召喚された高校生。
『剣豪』の称号を持つ。

プロローグ

俺は真島光流、どこにでもいるメタボ体型の四十歳独身だ。

おまけにファンタジー物のライトノベルや漫画を好んで読む、いわゆるオタクだが、ガチガチなオタクではなく、軽めに嗜む程度だ。

軽めだから、ラノベとかによくある何とかチートとかができるだけの知識も持ってないし、料理なんかもロクにできない。

そんな俺はある日、異世界へ転移した。

事の始まりは、趣味の一人カラオケに出かけたときだった。

俺はカラオケ屋にて、五人の高校生グループの後ろに並んで受付の順番を待っていた。

そのとき、いきなりフロア全体が目も開けられないくらい眩しく光ったのだ。やがて光が収まってきて目を開けると、そこは見知らぬ場所だった——

あたりを見回すと、地下室らしき薄暗い場所で、ところどころ松明のような物があり、ゴツゴツとした石壁がうっすらと見える。

周りには、光る前には明らかにいなかった銀色のローブを着た人たちが、俺と高校生たちと受付のカラオケ店員二人を囲むように立っていた。

その中で唯一金色のローブを着て、魔法使いみたいな長いあご髭を生やした爺さんが、俺たちの前に来て説明してくれた。

どうやらここは、日本ではなく異世界らしい。

ライトノベルでよくある、勇者召喚とのことだが、勇者は高校生五人のうちの誰かで、残りの俺とカラオケの店員二人はただ巻き込まれただけだという。

厨房にいた人とか他の客とかはどうなったんだろうと思っていたら、俺に見えなかっただけで、どうやら受付フロアだけに魔法陣が出ていたらしい。

「ふざけんなよ！　さっさと帰らせろよ」

「いやいや、勇者召喚ってありえないっしょ」

「えっ？　ドッキリ？」

「勇者召喚って何？」

「異世界ってラノベみたい」

高校生たちは文句を言ったり、ニヤニヤしながらあたりを見回したり、ドッキリだと思っていたりしている。

一人だけ、ラノベみたいだと嬉しそうにしている子がいる。

カラオケ店員を見ると、二人とも放心状態だ。

そして俺も、ラノベみたいだと思ったが、口には出さなかった。

それより、巻き込まれただけって……

「とりあえず、上に国王様がいらっしゃるので、後の詳しい説明は国王様の前でしようかの」

金色のローブの爺さんがそう説明した途端、何人ものメイドが薄暗い部屋の中に入ってきて、丁寧に高校生たちと店員と俺を国王様のところに連れていってくれた。

案内された場所は、いかにもな広間だった。奥には王冠を被った王様が玉座に座り、王様の横に先程の金色のローブの爺さんが立ち、そして彼らへと続く道を作るかのように騎士風な人たちが左右に並んでいる。

「おお、そなたらが召喚された勇者たちか！　余は、国王のエドワード・シン・クリスタルだ。だが、勇者の数がいささか多い気がするが、どうなっておるのだ？」

「勇者は、ここにいる若者五人の中の一人だけで、後は召喚に巻き込まれたにすぎません」

国王の問いかけに、金色ローブの爺さんが答えた。

「そうか、ならば勇者以外はいらないな」

一瞬俺の思考がフリーズした。

何を言った？　この国王は、勝手に召喚しておいて、勇者以外はいらないと言っているのか？

ありえない状況になってきている。

「年配の男はいりませんが、勇者の周囲の若者やそこの二人などは、まだ若いようですので、何かに使えるのではないでしょうかの？」

「そうか？　ならその男だけ追放しようか」

マズイ展開になった。

「いやいや、勝手に召喚しといてありえないですよ！　追放するにしてもこちらの常識を教えてからにしてもらえませんか？　もしくは、こちらのお金を少し融通(ゆうずう)してください」

……抗議したが、問答無用で城から追い出された。

ヤバイヤバイ、ありえない。どうすればいいんだと、内心パニックになってしまった。

しかも、追い出されて城門の前で突っ立っていたら、門番に「邪魔だ。どっかいけ！」と怒鳴(どな)られた。理不尽だ。

城を追い出され、仕方なくトボトボと街の方に歩いてみるものの、こっちの世界のお金がない。ちょっと小腹が空いてきたが、店にも入れない。

歩いていたら寂れた場所に着いた。いわゆるスラムというところなのか、ホームレスらしき人たちがそこら中にいる。そしてみんな、俺を凝視している。

そういえば、俺は革ジャンに黒の長袖のＴシャツ、Ｇパンにスニーカー、肩掛けのカバンと、周りからは浮いた服装をしている。

この世界は見た感じ、中世のヨーロッパみたいなイメージだ。髪の色も様々で、ピンクや緑に青なんかもいる。そんなところもラノベでありがちな世界観だ。

「そりゃ見られるか」

独り言を呟いた途端、筋肉ムキムキの厳ついチンピラ風の男六人に囲まれてしまった。

「おっさん、いい服着てるね～。どこかの貴族様かな～、俺の服と交換してくれよ」

ボロボロの布切れみたいな、とても服と呼べないものを身に着けた兄ちゃんが凄んできた。

嫌だと断ると、六人全員から殴る蹴るといった暴力を振るわれた。服は剥ぎ取られ、リーダーらしき男がそれを着ると、今まで着ていたであろうボロ布をその場に捨てていった。

パンツまでは取られなかったから、まだよかったものの、裸はさすがに寒い。仕方なくボロ布を適当に着てみたが、途轍もなく臭かった。だがどうしようもないと嫌々ながらも我慢して着た。

よくよく周りを見れば、靴も肩掛けのカバンも、スマホも取られてしまったことに気付く。マズイ！　異世界召喚、早くも終わったな。

仕事もお金もなく、ここの常識も知らないまま死ぬのだろう。

とりあえず、俺と同じような格好のホームレス風の人に色々と聞いてみることにしようと思って、その一人――地面に座り込んでいる男に近付いた。

「すみません、たった今身ぐるみを剥がされ、一文なしになった者ですが、あなた方はどこで飲み食いされてるんでしょうか？」

そう座り込んでいる男に聞いたが、ムスッとした顔をされるだけで返事がない。どうしたものかと考えていたら、彼は立ち上がって歩き出した。

「ついてこい」

「あ、すみません。ありがとうございます」

男はムスッとしたままだが、俺はペコペコと頭を下げながら、黙って彼についていく。すると、何やら鼻にツーンとくる生ゴミの腐ったような臭いがしてきた。

まさかな。そう思ったとき、この名前も知らない先輩ホームレスが生ゴミの捨て場に手を突っ込み、漁りはじめたではないか！

マジか、俺もあれを食うのか？

先輩ホームレスは、ボロボロの、かろうじて焼いた肉と分かる物を探し出して、口に入れた。

「腹減ったらここで食うんだ。ただ、散らかしたら片付けろよ。俺の縄張りだが、お前も食っていい」

「あ、ありがとうございます。あと、喉が渇いたのですが、どうしたらいいのでしょうか？」

「井戸があるが、まだ、ダメだ。明るいから、井戸の周りには人がいる。俺たちみたいなのは、暗くなってからじゃないと、近付くことすらしてはいけないんだが、まさか知らないのか？　子供じゃあるまいし、そんなわけがないか」

無愛想な人だと思ったら、意外と教えてくれる。今の状況は最悪だけど、正直ありがたい。

「あ、まだ名前言ってなかったですね。私は真島光流っていいます」

そう自己紹介をした途端、またムスッとした。機嫌が悪くなったようだ。

「あんた、やっぱどっかの貴族様か？　貴族様に名乗る名前なんて持ってない」

「いやいや、貴族なんて、そんなわけないじゃないですか！　こんな貴族いないですよね？　私は今日、勇者召喚で巻き込まれた一般人ですよ。そして追放って形で城から捨てられた者です」

「勇者召喚がなんなのか、学がない俺には分からないが、名前が既に貴族様のそれなんだよ。分かるか？　光流様よ」

もしかして、名字って貴族や偉い人しか持ってないのか？　だとしたら失敗したと思った。

「すみません、名前だけだと光流です。光流と呼んでください。お願いします」

俺は不機嫌そうな先輩ホームレスに頭を下げて謝った。

「俺はシオンだ」

先輩ホームレスはムスッとしたままだが、なんとか名前を教えてくれた。名前はイケメンみたいだな。目元は長髪で見えないし髪や服が茶色く、汚れきっているが、身なりを綺麗(きれい)にすれば容姿もイケてるかもしれない。

「ありがとうございます、シオンさん」

「さんは、いらない。シオンだけでいい」

「じゃあ、排泄(はいせつ)とかは、どうされてますか？」

「普通に話せ。多分、光流の方が年上だし。ションベンはその辺でしたらいい。クソは、近くに川が流れているから、人目につかないところでやればいい」

「えっと、普通にってことは、敬語はなしでってことでいいのかな？」

「そうだ」

「分かった。あと、教えてもらいたいことがあるんだけどいいかな？」

「なんだ？」

「仕事って、どういうのがあるのかな？　そもそも、どうやって仕事を探したらいい？」

「仕事したかったら、飛び込みで自分の得意なことをしている人のところに行って頼め。俺は冒険者を少しやってたが、ヘマをして命を狙われるようになったんだ。冒険者からここに堕ちてきたから、今更まともな仕事にはつけないからな」

冒険者！　そうだ冒険者だ。異世界物には必ずあるといわれている冒険者ギルドの存在を忘れてた。なんで俺は冒険者ギルドに行かなかったんだ！　と今更ながら後悔した。よし、ギルドがあるってことなら冒険者になってみるか……

「シオン、冒険者ギルドってあるよな？　どこにあるんだ？　俺もやりたい、冒険者を」

「それは無理だな。冒険者ギルドの建物を外から見ることはできるが、俺たちみたいに身なりが汚いと、入ったところで追い出されるのが関の山だな」

なんてこった！　身ぐるみ剥がされる前に行っていればと凄く後悔した。

……と、シオンと歩いてたら、道端に身に覚えのあるものが落ちていた。

「あっ、俺のスマホだ！　あいつら、使い方どころか、起動させて最初のホーム画面すら出せずに、分からないまま捨てたな」

「なんだそれは？　何かの道具か？」

シオンはあまり興味がなさそうに、俺が手にしているスマホを見ているが、なんとなくシオンにスマホを渡してみた。

「なんだこれは？　なんかパカパカしているが、何か、意味あるのか？」

「フフフ、いやいや違うよ、シオン。それは本体を守るカバー……って言っても分からないか。それはね。本体を守る鎧みたいなものだよ」

シオンからスマホを受け取って、電源が切れてるだけだが……起動してみると……良かった、ホーム画面はきちんと映る。まだ壊れてなかった。そう安心したところで、横にいたシオンが、急に明るくなったスマホの画面にビックリしていた。俺はとある女性モデルのグラビアを待ち受け画面にしているのだが、それに反応したのだ。

「な、なんだそれは！　そんなもの見たことないぞ！　それに、そんな薄いものの中に人が入っているじゃないか、閉じ込めているのか？　なんの魔道具だ！　お前は奴隷商人だったのか？」

そりゃそうか。スマホの存在も写真の存在も知らない人からしたら、スマホに入っている画像を見てそう思うのも無理はない。それに、この世界は奴隷制度があるのか。そして、やはり魔道具なる物が存在するのか。

「いや、シオン違うよ。この世界とは違う世界の文明の結晶だよ」

「まだ違う世界とか言っているのか？　俺がその魔道具の存在を知らないだけなんじゃないのか？頭のイカれたやつの戯言(たわごと)だろう？」

やっぱ頭のイカれたやつと思われていたのか。

そりゃそうだよな。現代社会で『俺、異世界から来たんだ』なんて言うおっさんがいたら、頭のイカれた人って思うか、厨二病を拗らせた人としか思わない。

まあ、俺も昔は厨二病を拗らせ、今もたまに症状が出ることがある。これは、拗らせたことのある人間のみが分かることだが、仕方ないことだ。

「それ、魔道具屋に売ったらそれなりになるんじゃないか？　そしたら、綺麗な服でも買って、冒険者ギルドに行けるんじゃないのか？」

確かにそうかもしれないが、一度手放したら二度と戻ってこなそうだから、本当に切羽詰まったときまでは取っておきたいと思った。

「いや、俺のもとに戻ってきたってことは、まだ何かしらの役に立つと思うんだ。それに、俺の故郷の思い出が詰まったものだから、手放したくないってのもあるし。だからよほどのことがない限り持っておきたいと思う」

「そっか、それなら仕方ないな。その魔道具は光流しか動かせないみたいだしな」

そうなのだ。現時点での設定では、指紋認証でしかロックを解除できないため、俺以外の人間にとっては無意味な小物だ。

もう人に取られないよう大事に持っていないと。それに、バッテリーはまだまだあるが、充電できないから大切に使わないといけない。

取られたカバンの中になら電池式の携帯充電機があるんだが、それはライトが点く仕様だったから、たぶん魔道具として売られたか、自分で使っているかだろうな。

夜になり、シオンに教えてもらった井戸に行って喉を潤したあと、今着ているボロ布を洗おうと井戸の木桶で手揉み洗いをした。すると、多少の汚れと臭いは落ちたが、ボロ布がさらにボロボロになり、パンクロッカーがシャツを引き裂いてボロボロにしたときよりも酷い状態になってしまった。

「やっちまったな」

「アホだな。そりゃそうなるだろ」

シオンや、周囲のホームレスの言葉にクソ～と思ったが、仕方なく着たら……ほぼ裸と変わらない。

「今日は何も食ってないようだったが良かったのか？」

シオンはそう言うが、さすがに初日から残飯を食べる勇気がなかったため、井戸水だけで済ませた。

だがこの井戸水もなんか濁ってる？

不純物が結構入ってるように見える。暗いからよく見えないが。

「ああ、今日はメシはいいんだ、喉が渇いてただけだから。ありがとな、シオン」

「いやいいが、寝床はどうする？　俺のところは一人用の寝床だから、二人は入れないぞ」

「じゃあ、シオンの寝床の近くにでも寝転がるよ」

「お前がそれでいいならいいが。まあ、いい大人なんだ、好きにするといい。ただ言っておくが、俺は男色のケはないぞ」

「俺もだよ！」

そう突っ込んでから、シオンが寝床にしているという場所に向かった。

前を歩いているシオンが何やらブツブツと独り言を呟（つぶや）いているようだが、全く聞こえない。

――こいつは異世界から来たとか言ってるが本当か？　確かに見たことも聞いたこともない魔道具の使い方を当たり前に知っていたし、常識がないのも気になるが、どこかのボンボンの可能性もある。もしかしたら鑑定スキル持ちで、俺が城の関係者だとバレていて、隙（すき）をみて暗殺を考えているとかか？　どちらにせよ、今の段階ではこいつに隙（すき）を見せない方がいい――

独り言が終わったのか、前を歩いていたシオンは、スラムの路地裏に入ったところの、ポッカリ穴が開いてる場所で立ち止まった。

その場所を見ると、ちょうど人が一人寝転がれるようなサイズの穴だった。

「シオン、ここか？　シオンの寝床は」

「そうだ。ここの周りはよく酔っ払いがションベンするから、ひっかけられないようにしろよ」

「マジか。それなら、今日さっきシオンが座り込んでたところあたりで横になるよ」

「それなら早めに行かないと、場所取れなくなるぞ。あの場所は夜になると、みんながそこら中で寝てるからな」

「分かった。ありがとう！　またな」

シオンにお礼を言ったあと、最初に彼が座り込んでいた場所に行くと、彼が言っていた通り、座り込んだり、横になって寝ている男たちがそこら中にいた。

横になっている男の一人は酔っ払いなのか、酒瓶を抱いて寝ている。そんな彼の懐（ふところ）を漁（あさ）ってる不届き者もいた。

俺は、唯一の持ち物であるスマホを、もう二度と取られたくなかった。ネットに繋がらなくても持っているだけで安心するため、下手に横になれないと思った。

仕方なく、寝床を探してウロついてみようと歩き出したら、見覚えのある服装の人たちを見つける。

「俺の服だ！」

あのとき、俺の持ち物と衣服を奪ったチンピラどもだ。あのときはボコボコに殴（なぐ）られたのに、服やカバンを見た瞬間、俺は走り出していた。

「返せ！　俺の服と荷物」

気が付けば、カバンを持っているチンピラに殴りかかっていた。

「ああ？　テメエ、おっさんがふざけんなよ！」

チンピラの一人だけを集中して殴っていると、残りの五人に囲まれてまた殴られてしまった。

今度は意識が飛ぶくらいやられた。

いや、多分意識が飛んだ後も、蹴られたりしたと思う。今度こそ死んだと思ったが、しばらくすると意識を取り戻した。なぜだ？　あれだけ暴行を受ければ死ぬはずなのに死ななかった。なんでだ！

もうこんな世界では生きていたくない！

死にたいが、自殺する勇気はないし、この異世界でどうやって死ねばいいかも分からない。

死ねば、よくある転生ものみたいに転生でもできるかと思ったが、あれは自殺じゃダメな気がする。

とりあえず今は身体も動かないし、意識が朦朧としていて頭も痛いため、そのまま眠りに就いた。

第二話

目が醒めて起きた――というか起こされた。

昨夜、チンピラどもに荷物を取り返そうと喧嘩を仕掛けたが、多勢に無勢ってのもあり、返り討ちにあって身体中が痛い。

俺を起こした人の姿を見ると、エプロンをしていて店の主人みたいだ。どうやら俺が寝ていた場所はどこかの店の前だったらしい。店を開けようと出てきたこの店主に、移動するまで何度も蹴られた。

こちらの朝は異様に早い。

日の出よりちょっと早いくらいの今時分から店を開けているところが多い。まだ少し薄暗いのにな。

身体中が痛みでバキバキだ。

まだ痣はできてないが、二、三日もすれば絶対痣が浮き出てくるはずだ。年を取ると筋肉痛も遅れてくるからタチが悪い。

顔を洗うついでに喉も潤そうと井戸に向かうと、既に主婦らしき婦人たちが雑談をしながら、大きな木のタライに水を溜めて足で踏んで洗濯していた。中には明らかに婦人とは違う、俺と同じような身なりの人も交ざっているが、彼女たちと同じように足踏みの洗濯をしていた。

お構いなしに井戸に近付くと、物凄く嫌な顔をされるし、強烈に睨んでくる。彼女たちの間を通り抜けようと思うが、隙間がない。

明るい時間帯は使うなってことなんだろうか？

昨日シオンが暗くならないと使えないって言っていたのは、こういうことだったのかもしれない。

回れ右して遠ざかろうとしたとき、街を巡回してる兵士みたいな人に呼び止められた。

「オイ！　そこのクソジジイ、知らないのか？　あんたみたいなきったねえ身なりのやつは、明るい時間帯は使えないのをよ！」

「すみません、知りませんでした。でも、そこにいる私と大して変わらない格好の人たちは普通に使ってますよね？」

「いい年こいたジジイが知らないわけないだろうが！　クソが！　アイツらはいいんだよ！　頭にウジでも湧いてんじゃないのか？　クソが」

それならなぜ聞いた!?

それに、ジジイって呼ばれるほど、年取ってないよ！

しかも「クソが！」を二回も言ったけど、口癖か？

正直、腹が立ってムカついたが、ペコペコと頭を下げながら、その場を去ることにした。

腹も減っているが、昨日シオンに教えてもらったアレを食べるには、プライドを捨てきれない。

やることも食うものもないから、ぶっちゃけ、あとは寝るくらいしかできない。

起きているだけで、喉も渇くし腹も減る。

ヘタにカロリー消費するのもキツくなってきたので、今なら昨日シオンが座ってたところあたりは空いてるだろうと思い、行ってみることにした。するとガラガラで、ところどころにシオンと同じくらいの背格好、服装のホームレスが座っているだけだった。

身体も痛いし夜まで寝ちまおうと座り込むと、すぐ意識がなくなっていた。

気が付いたら夕方になっていた。さすがにこの時間帯なら井戸の周りには人はいないだろうと、それでも念のために警戒しながら行ったが、無事に井戸水を飲むことができた。

改めて井戸水を見ても、やっぱり汚い。水溜まりの水みたいな濁った色してる。

昨夜は気が付かなかったが、臭いも少しする。本当は飲み水ではないんじゃないのか、と思いたくなるような色と臭いだ。

現代の日本は水の環境も設備もいいから問題ないが、同じ地球でもどこかの部族とかは、こういった濁った水を飲んでいるってテレビで見たことあったなあ、と思い出した。

「この環境から抜け出せないのか？」

独り言を呟(つぶや)いていた。これからシオンに聞いてみるかと、彼を探しにスラムを歩きはじめた。

しかし、昨夜のシオンの寝床に行ったがいない。

どこにいるんだろうか？　食事の残飯でも漁(あさ)っているんだろうか？　教えてもらった食事の場所を探してもいない。再度井戸に行ってもいない。

まあ、昨日知り合ったばかりだし知らない街だし、行ける場所も限られてるんだが、だからといってジッとしているのも暇だ。

本当に冒険者ギルドに行ったら追い出されるか、試してみるかと、ギルドを探しに行くことにした。

そういえば、スラム以外の場所に行くのは初めてじゃないかな？　どういう雰囲気だろうと歩いていたら、いかにもな建物を見つけた。

ロングソードみたいな長剣が、二本クロスしたバッテンの形のレリーフが掲(かか)げてある建物だ。

こんな建物、武器屋か冒険者ギルドしかないと思って、入口の前に立って中の様子を窺(うかが)っていると、後ろから声をかけられた。

「よう。こんなところでどうした？　裏ギルドのこと、誰かに聞いたか？」

「あ、シオン！　裏ギルド？　裏ギルドって、普通の冒険者ギルドと違うのか？　っていうか、裏ギルドってなんだ？」

「……しまったな。知っていたわけじゃなかったのか。こんなところで話すもんじゃねえから、移動するぞ」

シオンがスラムの方に移動したので、俺もついていった。

スラムの路地裏でシオンは誰もいないのを確認すべくあたりをキョロキョロと見回しているが、俺はシオンに裏ギルドについて率直に聞いた。

「で？　裏ギルドってなんなんだ？」

「裏ギルドとはな、冒険者ギルドの裏に受付があってな。主な仕事は表に出ないようなやつばかりだ。依頼料をもらっての人殺しから、盗みに、依頼料を払わない依頼人への取り立てだったり、表の依頼でも期限ギリギリのだったりと、街の表ギルドでは誰もやりたがらないのがほとんどだな」

「裏手にあるって、それじゃあ依頼人とかはどこで手続きするんだ？　普通、ギルドのそばに別に受付があってそこに個室があり、その個室で手続きするもんだと思ったが、違うのか？　そして、暗殺とか間諜とかも裏ギルドの仕事であるのか？　間諜は表のギルドでもできそうだけど？」

「いっぺんに聞くな！　一個ずつ言うぞ。冒険者ギルドへの依頼は、基本冒険者ギルドの横に併設されてる建物で行われる。これは、冒険者との鉢合わせを避けるためだ。護衛や、魔物から村を救ってくれとかの依頼じゃない限りは、顔を合わせることがない。理由は、いらぬトラブルを避けるためだ。緊急時以外はここで依頼のやりとりをする。ちなみに個室だ。依頼人同士も顔を合わせることがないようにとの配慮だ。緊急時は併設されてる建物ではなく、ギルド内の受付でおこなう。この場合、依頼料が高めだが、目の前に冒険者がいるため、即決することが多々ある」

シオンは言葉を切って間を置くと、再び続けた。

「次に、裏ギルドでの仕事には暗殺や間諜もあるぞ。ちなみに、どっちの仕事も表のギルドにはない。理由は、表のギルドではギルドカードや首飾りを持たされるんだが、そこに成否は問わず過去に受けた依頼と今現在受けている依頼が記録されるからだ。他国や他の街に入るときに、警備兵に渡さないといけない決まりがあるんだ。個人的に間諜の依頼をされても分かるようになっているらしい。そんなカードや首飾りを引っさげてコソコソと他国の情報を調べたりはできないだろう？そして、裏ギルドにはそれらが必要ないため、そういった依頼が回ってきたりする。俺は一度表に登録してるから、間諜にはなれない」

「なあ、冒険者ギルドカードは身分証にもなるんだよな？」

「そうだが、よく知ってたな。それこそが記録の媒体になるんだ。依頼を受けたが数ヶ月放っておくとする。だが数ヶ月後に依頼達成したとなれば、あらかじめ定められた期限がない限りは、依頼失敗とはならないわけだ」

「あと、期限ギリギリの依頼って、主にどういったやつが多いんだ？」

「街の住民による雑用だな。大体その日のみの依頼から二、三日の期限がある場合もあるが、ほとんどがあまり金にならないから、表に出ても誰も手を出さないんだ。冒険者自体は子供でもなれるから、表だと教会の孤児たちが請け負うことが多いな。だが、やっぱり住民の雑用だから、数が半端じゃない。だから裏にまで回ってくるんだ。スラム生まれの者や俺やお前みたいな表のギルドに入れない者、まともな仕事にありつけないやつには持ってこいの仕事だ」

シオンはギルドの説明をしてくれたあと、最後にニヤリと笑った。

「そうか！　ありがとう、シオン！　この生活を抜け出すにはどうすればいいか、シオンに相談しようと思ってたんだが、解決したよ」

「だが雑用もキツイぞ？　それに、まだ話が残ってる。期限間近の依頼についてだが、魔物退治の依頼もあるんだ。ほとんどがゴブリンや虫の魔物の退治で、これも仕事のわりには金にならないから敬遠される。孤児院の子供も魔物退治は嫌がるからな」

「俺も表のギルドに登録するまでは魔物退治はやらないかな。第一、武器も持ってないしね」

「じゃあ、とりあえず受付に行ってみるか？　お前のほとんど裸状態の格好をなんとかしないとだな」

「そうだな。モノは試しだ、やってみないと分からないしな。そう言われても、服なんてないから、人目にあまりつかない仕事があればやりたいな」

「じゃあ、行くか！」

そうしてシオンに裏ギルドなるところに連れていってもらった。

本当にシオンには助けてもらってばかりだよ。いずれ何かしらの恩返しをしないといけないと思った。

連れていってもらった場所は、まさしく冒険者ギルドの真裏だった。

そこには掘っ建て小屋みたいなのが建っていた。おそらく内部で表のギルドに繋がっているのだろう。

ちなみに、表のギルドは見た目、田舎にある木造の小学校みたいな建物だ。でも奥行きがあり、かなり広そうだ。

シオンに聞いた話では地下もあるそうで、地下も含めると四階建てみたいだ。

身なりを整えたら、必ず登録しに行こうと心に誓った。

とりあえず裏にある掘っ建て小屋に入ると、受付窓口が二つ並んでいた。担当者はどちらも男で、厳つい（いかつい）ゴリゴリマッチョの角刈りの男と、ツリ目のキツそうな七三分けの細い男の二人だ。角刈りマッチョはもちろんだが、七三も全く弱そうに見えない。

どちらも空いてるが、角刈りマッチョの方に向かった。シオンがなんの躊躇（ちゅうちょ）もなく角刈りマッチョの方に向かったからだ。

「あら～、シオンちゃんおひさ～！　今日はどうしたの～、あたしに会いに来てくれたの～？」

「ちげえよ。今日はこいつを紹介したくて連れてきた。こんな時間だが、仕事を斡旋してくれ」

マッチョはオネエだった。ありがちだな。テンプレってやつかもしれない。

「ま、まさかシオンちゃんの男？　シオンちゃ～ん、あたしに黙って彼氏作るなんて酷いわ～」

「ちげえって！　何度も言うが、俺にそっちの趣味はねえよ。話進まねーから、勝手に紹介するぞ！　この厳つい筋肉がダンクで、こっちの腹が出てるおっさんが光流だ。異世界人だと言っている頭のおかしいやつだ」

「あ、よろしくお願いいたします。光流と言います。シオンには、城から追い出され、スラムで服と荷物を剥ぎ取られて途方にくれていたところを、助けていただきました」

ペコペコと頭を下げながらも、角刈りマッチョのダンクという名のオネエに挨拶した。

「あら、いいのよ～。あたしはダンク、よろしくね。でも、あまり聞かない名前ね～。本当に異世界人かしら？　それにシオンちゃん。相変わらず面倒見いいわねえ、そんなところがシオンちゃんのいいところなんだけど♡　惚れ直しちゃうわ～」

「確かに男前だな、シオンは」

「あら～、ミーツさんもイケてると思うわよ～？　そのだらしない身体を引き締められたら、全然イケると思うわよ」

「ミ、ミーツ?」

「クックック、良かったじゃないか。いい愛称もらってよ。光流より全然コッチの方がしっくりくるぞ」

「そっ、そうか? なら、俺のことは今度からミーツって呼べよ。シオン〝ちゃん〟」

「テメエ、喧嘩売ってんのか! ゴラァ!!」

「スマンスマン、悪かったって」

「仲いいわね~って、仕事だったわね。シオンちゃんの紹介だし、色々ある中から、いいの選んでア・ゲ・ル♡ ミーツさん♡」

ゾワ~っときたが、おそらく冗談で言ってるに違いない。そう信じたいと思った。

第三話

「今日紹介できるのは、え~と、こんなのがあるわよ~」

『汚水掃除』期限三日＝鉄貨一枚
『井戸の掃除』期限二日＝銅貨五枚
『表冒険者ギルドの掃除』無期限、綺麗な度合いで報酬変動有り。最低報酬＝銅貨一枚～鉄貨三枚
『主婦の洗濯代行』毎日常時依頼、報酬変動有り。最低報酬＝石貨三枚～銅貨三枚
『便所の糞汲み取り。汲み取った後の掃除まで』と『糞桶の回収及び糞桶掃除』毎日常時依頼＝銅貨五枚（便所一件、もしくは糞桶三件）

「今あるのはこれだけかしらね」

うーん、通貨の価値が分からない。

ここは正直に聞くのが一番か。

「石貨とかって、いくらくらいなんだ？」

「ん？　石貨は石貨だろう、何言ってんだ？」

「あー、そっか。えーと、じゃあな。一番安い果物はいくらくらいで買える？　石貨で買えるか？　買えるなら何枚で買える？　で、石貨の上の硬貨は鉄貨か？」

「そんなことも知らないのか？　まあいい。そうだな、一番安い果物は石貨三枚ってとこだな。それでもって、石貨の次は銅貨だ。石貨十枚で銅貨一枚だ。で、鉄貨、銀貨、金貨と続く。金貨までそれぞれ十枚ずつで、上の硬貨一枚となるのだ」

なるほど。じゃあ、石貨は一枚十円ってことかな？

そうなると、便所の糞掃除が五百円ってところか？

アリエナイ無理だ！　これはパスだ！

なぜなら、コッチの便所はボットン便所というやつにちがいないからだ。

現代日本では、ほぼなくなってるが。

俺が若い頃はまだあった。日本では和式タイプだが、こちらのは洋式タイプのボットン便所のはずだ。

一昔前までは日本でも汲み取りの作業をしている人をよく見たなあと思い出した。

あと、便所がない家は、桶を便所代わりにしているようだ。王都の外だったら、糞尿を溜められる場所があるらしいが、この王都の街では窓から捨てたりする人も見かけたのだ。

今回は、窓から捨てない家の糞尿が入ってる桶の廃棄と掃除か。銅貨五枚の仕事じゃねえ！

しかも糞桶三件で五枚って、生きるためであっても嫌すぎる。

「なあ、便所の糞掃除はやる人いるのか？　それに、糞桶三件やらないと依頼達成にならないのか？」

「そうよ。三件分達成しないと、報酬はもらえないわ。一件で逃げちゃう人もいるからよ。それに、この依頼を受ける人は普通にいるわよ」

「そうなんだよなあ、不思議といるんだよなあ。俺は絶対にごめんだけどな。銅貨五枚ごときであんなのやるやつの気が知れん！」

やっぱりシオンも同じこと考えているのか。

「こういうのは表の人たちは絶対にやってくれないのよね。たまに表で自分で受けておいて、銅貨五枚なんかでやってられるかってキレる人もいるわね。だから裏に回ってくるのよね」

表ギルドでまともな街の依頼って何があるんだろ？　やっぱり簡単なやつが表で、大変で報酬が安いのが裏なのかな？

「表の依頼は、子守や街のゴミ拾いとか家の掃除とか、報酬は安いけど簡単なのが多いわね。たまに、貴族様からメイドの数が足りないから、臨時で冒険者を雇いたいってのがあるわね。貴族様のはどんな依頼でも結構な報酬になるから、みんな進んで受けるわ。ただし、汚い系の仕事は貴族様のものでも嫌がられるわね。だから裏には報酬が安くて大変なのが回ってくるの。たま～に納得できないで暴れる人がいるけど、スラムの人に仕事を紹介してあげてるんだから、逆に感謝して欲しいわ」

「考えていることを全部答えてくれた。ありがとうございます」

「ふふふ、ミーツちゃんって分かりやすいんですもの、可愛(かわい)いわ。でも、一番はシオンちゃんだけどね♡」

「この短い間に『さん』呼びから『ちゃん』呼びに変わった⁉　まあいいけど。ダンクさんオネエだし」

「あら～、嬉しいわね。あたしのこと分かってくれるのはギルマスとシオンちゃんだけだったのに、ミーツちゃんまで分かってくれるのね。嬉しいわ」

「俺のいた世界では、ダンクさんみたいな人は別に珍しくなかったよ。お店出している人はいたし、友達にもいたしね。俺の元いた世界では、身体は男でも心は乙女って人は当たり前にいたからね」

「おいおい、ダンクが泣いてるじゃないか。ミーツ、泣かせるなよ」

「あらやだ、涙が勝手に……さてと、気を取り直して。それで、今日はどうする？　依頼を受ける？　それとも今日のところはやめておく？」

「もちろんやるよ。最初だし、洗濯代行をやってみようと思う。ついでに、汚水掃除もやってみようかな」

「じゃあ、明日の朝一に井戸で洗濯してる人にこの木札を渡して。それで分かってくれるわよ。くれぐれも寝坊しないようにしてね？　あと、汚水の方もやるのね？　うん、まあ頑張(がんば)ってねとしか言えないわね。まあ、ミーツちゃん以外にもいるから、いいっちゃいいんだけど」

そして、ダンクさんとシオンにお礼を言ってから、裏ギルドを出た。

今からやるのかと思ったら明日の朝一か、寝坊しないようにスマホのアラームを設定しとくかな？　ただ、寝ようと思っても、寝すぎて寝れないってのと、腹が減った。

さすがに、三日も腹に水しか入れてないのは辛くなってきた。これが外なら適当に草か木の実でも食べられたかもだが、残飯はな～と、しばらく思案した。

「よし！　決めた！　くだらんプライドなんか捨てよう。そして勇気をもって、なるべく綺麗な野菜クズかなにかを食べよう」

気合を入れるためにそう声に出すと、通行人に汚い物でも見るかのような顔で見られてしまった。

いざ、シオンに教えてもらった生ゴミのある食事の場所へ行くと、前よりは臭いがキツくない気がする。

俺自身が臭いためか、もしくはこの三日でここのスラムの臭いに慣れたか、これなら難なく食べられるかもと思ったが……舐めてました。

メッチャ臭いです。そしてメッチャ不味いです。なるべく綺麗な野菜クズを選んだのに！

元々こっちのメシは不味いからなのか？

ゴミで腐ってるから不味いのか分からないが、適当に両手に持てるだけ持って、井戸まで移動して、水で無理矢理喉の奥に流し込んだ。

明日はってか、明日にもならないうちに、お腹が痛くなった。やっぱり腐っていたのか？

身体に合わなかったのかは分からない。

この井戸水も、最初に飲んだあとはお腹を壊した。

現代の日本人の身体はデリケートにできているから、ちょっと水や食べ物におかしな物が入ったりすると、体調を崩しやすいんだろう。

そう自分自身に納得させた。

でも、無理矢理でも腹に何か入れておきたい。

身体が拒否しても、しばらくはまともな物が食べられない現状なので、再度チャレンジした。が、結果は同じだった。

夜が明けるまでの間に、それを何度も続け、ようやく気分的に慣れてきたところで目覚ましのアラームがなり、あたりにいたスラムの人たちに何事かと見られた。

ちょうど井戸の近くにいたため、大して移動しなくても、依頼の婦人たちがやってきた。

見たことのある人がいた。前に井戸で通せんぼされ、メッチャ嫌な顔をされた婦人たちの一人だ。

「すみません、ギルドで依頼を受けた者なんですが、この木札はどなたにお渡しすればよろしいでしょうか？」

婦人たちの一人に声をかけると、メッチャ嫌な顔をしている人が眉間（みけん）に皺（しわ）を寄せて無造作に洗濯物を渡してきた。木札は人差し指と親指で汚い物でも掴むような手で受け取っていた。

こちらの世界の洗濯は、洗濯用の木でできたタライに水を溜め、足踏みで汚れを踏み潰して押し出すような洗いか、手でガシガシ揉み洗いするのが主流だった。これは、前に見ている。

だからといって、ガムシャラに洗えばいいというものではない。悪い例が、俺の着ている布だ。元々ボロ布だったが、洗ったことでさらにボロボロになり、着ているとは言えないレベルのモノになってしまっている。

だから現在では、ほぼボクサーパンツのみのパンイチ状態だ。元の世界だったら警察に通報されて捕まるレベルだ。

話は洗濯に戻るが、洗剤があるわけじゃない。ではどうするのか？　ひたすら水で洗えばいいのか？

米ぬかがあればよかったが、こちらの世界ではパンが主食だろうしな。米ぬかは昔、石鹸代わりに使われていたらしい。たしか、江戸時代くらいの人たちは灰を使った灰汁で洗濯物を洗っていたと、本に書いてあったのを思い出した。

でも、灰汁を作るのは面倒だったような気がする。

仕方ない。今日は足踏みと揉み洗いで頑張ろう。

いつか灰汁を手に入れたら、試してみようと思う。お仕事初日なのにいきなりやったことのないやつをやって失敗したら、大変なことになりそうだしな。

成功したら、次から洗濯で使えばいいわけだし。

数時間後……はい！　ハッキリ言って、洗濯を舐めてました！　滅茶苦茶大変でした。

一人の洗濯が終わったと思ったら、残り十人分くらいを連続でやらされました。

足はガタガタ、腕はプルプル、震えが止まらない。

おまけに腹が減ったのと、無理して生ゴミを食べて腹が痛いのとで、身体が壊れかけているのだと思う。

それでも、十人ほどのをやったから、結構な報酬がもらえるんじゃないかなと期待したが……

もう期待しない！　本日何度目になるか分からない〝死にたい〟が言葉に出た。

たったの銅貨一枚だったからだ。

あんな重労働したのに百円って……早く灰汁を試さなくてはと思う。

一番安い果物が石貨三枚って言っていたから、仕方なく一番安い果物を三個買いに行けば、その果物とは小さな小さな姫林檎だった。

姫林檎とは、祭りとかで売られているリンゴ飴に使う林檎のことだ。でも、これはさらに小さい。

俺の知っている姫林檎より一回り以上は小さいんではないだろうか？　さくらんぼのような小さな一口サイズの林檎だった。それでも腹は減っているし、これから生ゴミを食べに行くよりはマシだと思って、試しに一個口に放り込んで食べてみると……メッチャ酸っぱかった。酸っぱすぎて喉の渇きが凄い。焼いたらちょっとは変わるかな？　と思い火を探すが、道端で焚き火なんてしている人はいない。

燃料の木だってタダではない。木を売り歩いてる人がいるくらいだ。

竈を使っている店にお釣りの石貨一枚を渡して、残り二個の姫林檎もどきを他の料理と一緒に焼いてもらえるように頼んだら快く焼いてくれた。受け取った焼姫林檎を一個食べると、まだ酸っぱさはあるが、ちょっとは甘くて美味くなった。

店主の親父が俺が美味しそうに食べている姫林檎を不思議そうに見て、聞いてきた。

「なあ、あんた。それ美味いのか？　あんたに言われて石貨一枚で焼いてやったけど、それって滅茶苦茶酸っぱい果物で有名なやつだよな？」

「そうですね。そのまま食べると酸っぱすぎて舌が痺れますけど、焼いたらまだ酸っぱさはありますが、多少は甘くなって美味しいですね」

素直に味の感想を答えてあげると、ビックリされた。知らなかったのか？

「あんた、もう一つ持ってるよな？　良かったらもらえないか？　もちろん代金は払うからさ」

「いいですよ。店主さんが焼いてくれた物なんで、お金をいただけるんなら渡します」

「もちろんだ。とりあえず食べさせてくれないか？　ちょうど今、両手が塞がってるし」

「いいですよ。じゃあ口開けてください。入れますよ」

　店主が大きく開けた口に、姫林檎を放り込んだ。店主は姫林檎を咀嚼してから……目をカッと力いっぱい見開いた。

「おい、あんた金払うから、これをたくさん、買えるだけ買ってきてくれないか？　金は後で払うからさ」

　そう言われても、俺には金が全くない。

「すみません、金はさっきの石貨一枚が最後だったんです」

「はあ？　あんた、自分の最後の食料を俺にくれたのか？　あんたいいやつだな。それなら銅貨三枚渡す。これで買ってきてくれ」

　店主は銅貨三枚を渡してきた。俺みたいなやつに渡して盗まれると思わないのか？　まあ、盗らないで買ってくるけど。先程の姫林檎を買った場所で、銅貨三枚で十個買おうとしたときにオマケを交渉したら、三個オマケしてくれた。

「買ってきましたよ。銅貨三枚も渡して、俺が盗ると思わなかったんですか？」

「あ、そうだな。でも、あんたが先に果物を俺にくれたじゃないか」

「それは代金を払うって言ってくれたからで、タダであげたわけじゃないですよ」

「そうだな。でも俺が食べたあと、聞いてない、食べてない、払うなんて言ってないと言い出したらどうする？　どうしようもないだろ？　代金もらう前に食べさせるお人好しが、渡した金を盗るなんて考えもしなかったさ」

店主の言い分に何も言い返せなかった。確かに俺は甘い。それで昔騙（だま）されたことが数多くある。

「まあいい。いいのを教えてくれたお礼と、買ってきてくれたお礼と、食べさせてくれた代金だ」

俺が黙っていると、店主は鉄貨一枚を渡してきた。

「はあっ？　鉄貨？　石貨三枚じゃなくて？」

「焼いて食べると美味（おい）しいと教えてくれたのと、果物を十三個も銅貨三枚で買ってきたし、お礼だお礼！　またなんかあったら、よろしくな」

あれだけ頑張（がんば）った洗濯より多くのお金をこの短時間でもらったことにより、一瞬泣きそうになってしまった。あ、そうだ灰がいるんだった。灰汁（あく）のための灰をもらえないか聞いてみよう。

「ん？　どうした？　灰が欲しいだって？　何に使うんだ、そんなもん」

「試したいことがあるんです。融通（ゆうずう）できるだけでいいんで譲ってもらえないでしょうか？」

すると木桶一杯の灰をくれた。

木桶は使用した後に必ず返すと約束をした。

俺は店主にお礼を言いながら頭を下げて別れた。

意外なところで臨時収入があったなと、顔がニヤけてしまう。でも、鉄貨一枚ではギルドに入れるような服なんて買えないだろう。

ダンクさんにコレを預かってもらえるか聞いてみるついでに次の仕事をもらおうと、裏ギルドに向かった。だが、今日はまだ汚水掃除が残ってることを思い出して、昨日のうちに聞いていた場所に向かった。

昨日ダンクさんから、たまに宝石も出たりすると聞いて、俺は少し期待をしていた。たどり着いたそこは、汚い川。つまり俺が受けた依頼は、この川のドブさらいだったのだ。

汚水掃除といっても間違いではないが、ここまでとは……。油や糞が浮いた、とても川と呼べないような汚い水の溜まり場を前に、俺はザルを抱えながらパンイチで息を呑んだ。

パンツの中に入れておいたスマホを、着ていたボロ布に包んで、脇の方の誰の目にも付かない場所に、木桶とともに隠しておく。

俺以外に何人かこの依頼を受けた人がいたのが救いだったが、不思議と同じ灰色の服を着てる人ばかりだったから、友達同士か、冒険者のパーティだろう。

俺は意を決して汚物だらけの汚水の中に入った！　入った瞬間、俺は吐いた。吐くものがなくてもずっと胃液だけを吐き続けた。

時には潜ったりしつつ、頭まで糞や汚物だらけになりながらも、なんとか終わらせた……はずなんだが、あまりにも過酷な作業すぎて記憶が飛んでいた。ついでに、この依頼そのものの記憶を封印することに決めた。

第四話

「あら、ミーツちゃんどうしたの？　次の仕事の依頼を見に来たの？」

ドブさらいを終えた（はずの）俺は、いつの間にか裏ギルドに来ていた。

身体中がなぜかとても臭いが、ここまで来る間の記憶が曖昧だ。先程のお金を預けられるかどうかを聞こうと思った。

そして、もらったお金は鉄貨一枚だったはずなのに、なぜか二枚になっていた。とても不思議だったが、気にしないようにする。

この少し臭いがする鉄貨については、思い出してはいけないような気がするからだ。

「それもありますけど、ダンクさんに聞きたいことがあって来ました。ギルドって、お金を預かってもらえたりはするんですか？」

「ミーツちゃん？　ダンクさんなんて他人行儀なこと言わないで！　呼び捨てか、あたしのこともダンクちゃんって呼んでちょうだいね？　あと、あたしに丁寧な言葉を使わないで！　それでお金だけど、表ギルドでは預かることができるシステムはあるわね。でも、裏ギルドには基本ないわね。ミーツちゃんの頼みだったら、条件付きであたしが預かってもいいわよ？」

「本当かい？　是非お願いします」

俺はダンクさんにお辞儀をした。

「タダじゃないんだけどなあ。シオンちゃんとのデートを一回とりつけてくれたら、ミーツちゃんが表ギルドに登録するまでの間、預かってあげる」

「え⁉　それは無理だ。さすがに俺の事情でシオンに迷惑をかけられない」

「ンマー！　あたしのデートが迷惑ですって？」

「あ、いや、そういう意味でじゃないデスヨ」

「分かったわ。それなら、ミーツちゃんがもっとスリムになって魅力的になったら、ミーツちゃんにデートしてもらうわ。じゃなければ、やっぱりシオンちゃんとデートしたい」

「ダンクちゃんのデートってどんな感じ？　それによってはシオンに拝み倒すから」

「あら、普通よ。一緒に食事したりぃ、買い物したりぃ、お外でピクニックでもいいわね。シオンちゃんと魔物退治をするのも楽しそうね」

「なら、一応頼んでみるよ。もしどうしても無理だと断られたら、俺が魅力的になったときにでもお願いします」

「いいわよん。ミーツちゃんでも楽しそう！　だ・か・ら、早くスリムになって魅力的になってね♪」

スリムにならないように心掛けようと、今このとき強く思った。

「あと、次の仕事お願いします」

「そうくると思って、前もって選んであげてたわよ」

「さ、さすがダンク姐さんっす。感謝します。ありがたいです」

「ちょっと待って！　今、ミーツちゃん、あたしのことなんて言った？」

「えっ？　ダ、ダメでしたか？　ダンク姐さんって呼んじゃ？」

「逆よ！　いいわ。ダンク姐さん、いい響きだわ！　そのうち何か、可愛いアダ名もつけてもらうわよ」

「了解っす！」

ダンク姐さんに自衛隊の隊員がするような敬礼をした。

「今回紹介できる依頼はこれね」

『汚水掃除』期限二日＝鉄貨一枚

『井戸の掃除』期限一日＝銅貨五枚

『表冒険者ギルドの掃除』無期限、綺麗な度合いで報酬変動有り。最低報酬＝銅貨一枚～鉄貨三枚。場合によっては監視あり

『主婦の洗濯代行』毎日常時依頼、度合いにより報酬変動有り。最低報酬＝石貨三枚～銅貨三枚

『便所の糞汲み取り汲み取った後の掃除まで』と『糞桶の回収及び糞桶掃除』毎日常時依頼＝銅貨五枚（便所一件、もしくは糞桶三件）

「うん、見た感じ前回と一緒ね。というか、いつも大体変わらないわ。あと、貴族様の依頼が一件あるわね。『貴族様の屋敷にて吐瀉物の収集人及び掃除人』。期限は今夜のみ。報酬は働き具合で変動有りで鉄貨一枚～銀貨三枚。これは報酬はいいけど、ミーツちゃんだと無理かもしれないわね。貴族様の依頼なだけに、下着一枚の格好じゃ厳しいのよ。貴族様が嫌がるかもしれないわ」

貴族の依頼か、少し興味があるな。

やれるならやってみようかな？

「これって、面接みたいなのがあるのかな？」

「そうねえ、ちょっと待ってて。表ギルドの子に聞いてくるから」

そうして席を立って、後ろのドアから出ていったダンク姐さん。俺はヒマになったから別の依頼を見ていたら、ダンク姐さんの隣の受付にいた細身のキツ目の七三分けが話しかけてきた。

「なあ、あんた、ダンクさんのどこがいいんだ？　あの気持ち悪い化け物をよ。シオンさんと魔物退治？　ハッ、自分が逆に退治対象じゃないかって思わないか？」

一瞬、こいつ何言ってんだと、思考が停止した。

「兄さん、自分と一緒に働いてる仲間をそんな悪く言うもんじゃないよ。ハッキリ言って胸糞悪いよ？　ダンク姐さんがいなくなってから言うなんて、あんたクズだな」

現代ならオネエの存在は当たり前だが、オネエが浸透してないとみんなこんな反応になるのか？　それとも、この七三が性格悪いだけなのか？　それにしてもダンク姐さんがいなくなってから言うなんてありえない。

「七三のツリ目の兄さん、あんた、名前は？」

「俺か？　俺はキックだ」

「キックね。分かった、じゃあ俺はこの先もお前のところには行かないし、俺が表に行って有名になったとしても、お前は敵として見ることにした」

「ハッ、別にいいぜ。てか無理だろ？　そんな下着一枚のオッサンが表に行くことも、ましてや有名になることもよ」

クソー、絶対這い上がってやる！

そう心に強く誓った。

「ゴメンね～、遅くなっちゃって。ってどうしたの？　キックちゃんと見つめ合っちゃって、ミーツちゃん、もしかしてキックちゃんが好みのタイプだったの？」

「違う違う、ちょっと言い合いになっただけだよ。なあキック、特に問題ないよな？」

「フン、ああ、そうだな。俺がこんなおっさんをまともに相手するわけがない」

「ふ～ん、何か気になるわね。キックちゃん？　後で詳しく聞かせてもらいますからね？　で、先にミーツちゃんからね。ちょうど表のギルドに、貴族様の使用人さんが来ていたから連れてきたわよ」

そうダンク姐さんが言うと、背後のドアから二十代前半くらいの男性が入ってきた。この人が今ダンク姐さんが言っていた、貴族の使用人か。

「こんにちは、貴方があの依頼を受けたいとおっしゃってた方ですね」

貴族の使用人は、俺のことを上から下までジロジロ見たが、仕方ないことだ。ほぼパンイチの状態だし。

「服はこちらで簡単なやつを用意させますから、今夜にでも来てください」

「え？　いいんですか？　こんな身なりなのに」

「ええ、いいですよ。私もスラム出身者だから気持ちは分かりますし、貴方のような身なりでも、やる気がある方に来てもらいたいですね」

「是非、行かせていただきます！　ありがとうございます」

「良かったわね、ミーツちゃん」

「では、日が落ちる前くらいに来てください。場所についてはギルドに聞いてください。それと、貴族の居住区画には門番がいます。この鉄札を見せれば、中に入れますから。屋敷の門番にも同じように札を見せてください。では待ってますね」

使用人は鉄札をダンク姐さんに渡し、今入ってきた扉から出ていった。

「ダンク姐さんのおかげだよ。ありがとうございました。あと、貴族様の屋敷に行く前に預かってもらいたいものがあるんだけど」

「いいわよん」

「さっきちらっと話したお金と、あと、この魔道具なんだけどいいかな？」

「あらあら、ミーツちゃん、魔道具なんて持ってたのね。これどうやって使うの？　どんな用途で使うの？」

「今のところは俺しか起動できないようにしてるけど、こうやって起動させてと、はい」

日本で撮りまくったスマホの画像を見せた。凄く(すご)ビックリしているから、俺はさらに脅かしてやろうと思って唐突にダンク姐さんを撮ってみた。

「わ、何？　何？　ピカッて光ったわよ。それに、カシャってなんの音？　何したの？」

「ダンク姐さんを撮っただけだよ」

たった今撮ったダンク姐さんの画像を見せた。

「ミーツちゃん？　スッゴイの持ってるわね。これ売ったら、白銀貨くらいになるんじゃないかしら」

聞いたことのない貨幣を今聞いたが、今のところはスルーしておこう。

「でも、俺しか使えないし、バッテリーが切れたら、もう使うことも見ることもできなくなるから、そんなに価値はないんじゃないかな。あと、一度手放したら二度と戻ってこなそうだから嫌なんだよね。だからさ、ダンク姐さんに預かってもらいたいんだけど、無理かな？」

「分かったわ、あたしが責任持って預かることにするわ。でも、また今度見せてね。さっきのあたしの姿、一瞬女神様かと思ったわ」

「女神って……。まあそのくらい全然いいよ。じゃあ、そろそろ貴族様の屋敷に行きたいから、屋敷までの地図か何かあれば教えてもらえるかな」

「ああ、そうね。また、ちょっと待っててね、すぐ戻るから。キックちゃんと喧嘩しちゃダメよ」

あれ？　キックと言い合いになったとは言ったけど、喧嘩したなんて一言も言ってない。なんで気が付いたんだろう。

「フンッ、良かったな。貴族様の依頼を受けられて！　身体中ゲロまみれになってくるがいいさ。

明日どんな格好でここへ来るか楽しみだな、ククク」

キックは俺の汚物まみれの姿を想像したのか、口元がニヤけていた。

ホントに嫌なやつだ。こんなやつは無視だ無視。

「お待たせ〜、今度は喧嘩(けんか)しなかったみたいねん」

ダンク姐(ねえ)さんは現在地のギルドが描かれている地図を広げて丁寧に教えてくれた。

そうして俺は早速貴族の屋敷に向かった。

ギルドからもスラムからも遠かったが、なんとか日が傾く前に貴族の屋敷が建ち並ぶ地域に着いた。城の門番みたいなのが四人、その地域の境目の道端で立っていた。

格好はゴテゴテの鎧ではなく、警備員みたいな制服を着ている。

近付くと警戒したのか、剣と槍を向けてきた。

慌(あわ)てて貴族の使用人にもらった鉄札を見せて、仕事に来たと説明した。

ジロジロ見られたが、なんとか貴族の屋敷の地域に入ることができた。ついでにどの屋敷か聞こう。

「私の依頼主の屋敷はどの建物か、分かるなら詳しくお教えいただけないでしょうか？」

そう聞くと、警備員みたいな人が指さして教えてくれた。

「あんたスラムの人間にしては言葉遣いがしっかりしているな？　元貴族様かその従者だったりす

るのか？」

やっぱり丁寧語で話すと貴族とか従者と思われるのか。いちいち誤解されるのは面倒だが、だからと言って、普通の初対面の人に乱暴な言い方はできない。

「いえいえ、私のような者がそんな大それた身分なわけがないですよ」

「それもそうだな。さすがに元貴族様なら下着一枚で貴族様の地域に来るなんてことはないか！　ハハハ。引き止めて悪かったな。あそこの青い屋根のでかい建物が、あんたの探してる屋敷だ」

「いえ、ありがとうございます」

お礼を言うとお辞儀して屋敷に向かった。

目的の屋敷は結構でかかった。間近で見た感じだと、小学校の体育館くらいかそれよりも大きいのではないだろうか。

屋敷の前には門番が二人並んで立っていて、二人に鉄札を見せると一人が奥に歩いていった。

しばらく門番の一人に見つめられながら、特に話すわけでもなく待っていると、先程ギルドにいた使用人が出てきてくれた。

「やあ、よく来てくれたね。とりあえず、旦那様や執事様、メイドさんの目があるから、これに着替えてくれるかな？」

渡されたのは体操着みたいな服だった。

上は黒のロングのTシャツに、下も黒色だがハーフパンツだ。

「よろしいのでしょうか？　こんな上等なものに着替えさせていただいて。私みたいなものはこれの上着だけでいいのではないのですか？」

「いや、一応旦那様や執事様の目があるから、簡単な格好でもさせないと私が怒られてしまいますよ。パーティーだから、見すぼらしい格好で掃除させるわけにはいかないしね。貴族様はお酒をたくさんお飲みになって食事もよくお食べになるから、吐瀉物も多いんだ。だから大変だと思うけど、頑張ってね。本当は魔法でも片付けることができるけど、こんな仕事に魔法を使うと嫌がる人がいるんだ。あと、そこに井戸があるから、そこで顔や身体を洗って待っててね」

今、使用人はなんて言った？　魔法？

やっぱり魔法はあるのか？

この世界は、勇者召喚があって魔道具まである世界だ。確かにあっても不思議じゃない。

でも、街中で魔法を使ってる人なんて見なかった。特殊な職業で城が抱え込んでいるのかな？

今度シオンに聞いてみようと思った。

着替えた服を一度脱ぎ、前に残飯の中から拾っておいたキャベツの芯みたいな物で頭と身体をガシガシ洗った。通りかかったメイドが、そんな物どこにあったのかと聞いてきたが、俺は正直にパンツの中に入れて持ち歩いていたと説明した。

一通り洗ってもまだ多分汚れていると思うが、気分的にサッパリしてから着替えて井戸の前で待っていると、使用人が準備はできているからおいでと屋敷内に案内してくれた。

案内された場所は、まさにパーティー会場だった。広さは外から想像した通りだ。

多分、二、三百坪はあるのではないだろうか。ここだけでもすでに、学校の体育館くらいの広さがある。

パーティーは立食形式で、あちらこちらから美味しそうな匂いがしてくる。

一つ一つの料理の前にメイドが付いて、取りにきた人に料理をよそって渡すみたいだ。

使用人たちはお酒をトレイ一杯に並べて会場内をウロついている。ガラスは希少なのか、コップは木や陶器だった。

中身はきっとワインかエールだ。

そして、貴族はそのほとんどが恰幅がよく身なりのいい男性だ。女性がいないところをみると、男性のみのパーティーかもしれない。

しばらくやることもなく、パーティー会場の隅の方で、水を入れた木桶と吐瀉物を入れる木桶と掃除用の布切れを持ち、会場内を眺めていた。すると、端の方でフラフラと具合悪そうに歩いている男性が突然四つん這いになったところで、ようやく俺の出番かと彼のもとに近付いていった。

第五話

貴族のもとに近付いて顔を覗き込むと、酒に弱いのか、それとも普段から飲み慣れていないのか、涙目になりながら嘔吐していた。

吐き切るまで見守っていようとしたが、あまりにも苦しそうに吐いているので背中をさすってやると、また大量に嘔吐した。

「貴族様、大丈夫でございますか？」

「うむ、少しは楽になった。礼を言うぞ」

背中をさすってあげただけだが、貴族はまだ少し苦しそうな顔をしつつ、顔をこちらに向けて礼を言った。

そして、たった今吐いたばかりのその貴族は、使用人の一人が持っていたワインを取り、口をすすいで床に吐いた。そしてまたすぐに食べに戻った。

正気かと目を疑ったが、彼は何事もなかったかのように他の貴族と談笑しながら飲み食いをしだした。

貴族の行動に呆然としていたが、そんな場合ではないと思い直す。吐瀉物を片付けないといけない。

まず、素手で吐瀉物を空の桶にすくい入れるのを繰り返し、それから濡らした布切れで床を拭く。先程の貴族が吐いたワインも拭いておく。

この単調な動作を、最初は躊躇した。

まず素手で人の吐瀉物を触るのが嫌すぎた。

でもゴム手袋なんて物はないし、俺がやらなければ他にやる人がいないため、覚悟を決めて無心でやった。

その後、やりとげたと達成感を覚えていると、あちらこちらで貴族たちが先程の貴族並みの吐瀉物を吐き散らかしていた。そして先程の貴族と同じように酒で口をすすいで床に吐き、また食べに戻るといった行動を取る。

「オー、シット！」

そう呟かずにはいられないくらい、至るところに吐瀉物が散乱していて、それで滑る貴族も現れ出したので、急いで片付けていく。

すると、最初は臭いだけで吐き気がしていたのだが、たくさんの吐瀉物を片付けるうちに、鼻が麻痺して普通に扱えるようになっていた。

木桶が吐瀉物で一杯なると、前もって聞いていたところに捨て、また桶の水が吐瀉物まみれになれば水を替えに行く。

それを繰り返しているうちにだいぶ余裕も出てきたので、他の苦しそうな貴族の背中をさすってやったり、吐きたいが吐けない貴族の口に指を二本突っ込んだり、吐瀉物を床にブチまける前に空の桶を貴族の口元に持っていったりもした。そこまでくるともう慣れたものだった。だが、床掃除をしている最中に頭に吐瀉物を吐き出されたときは、さすがに貴族に殺意が湧いた。

そんなパーティーも終盤に近付いていた。テーブルに並んだ料理が少なくなるにつれ貴族も酒を手に取ることが少なくなっていく。

それでもまだ吐いている貴族がいるため、俺の仕事は終わりではない。もう一度桶を変えようと早足に井戸に向かうと、井戸の石垣にもたれかかっている若い貴族を見つけた。

貴族が先に使うのであれば邪魔をしてはいけない。少し様子を見ていたら、若い貴族はフラフラと立ち上がると、そのまま井戸に落ちそうになり――思わず身体が勝手に動いていた。

「危ない！」

間一髪、井戸に落ちる前に若い貴族の身体を支えることに成功した。この貴族は他の貴族に比べて随分と身体が細い。大丈夫か？　と思い、俺は顔を覗き込んだ。

青年は思いのほか綺麗な顔をしていた。髪は薄い水色で、月明かりでキラキラ輝いて見える。少女漫画に出てくるような美青年だ。

一見すると男装している女性かと思ったが、助けるために抱きかかえたとき、股間に手が触れてシッカリとした膨らみを感じたから、男性であることは間違いない。

意識がないようだから、近くを通りかかったメイドを呼び寄せる。彼女は酷く狼狽し、大声で執事を呼んだ。何事かとも思ったが多分、パーティーに出席している中でも位の高い貴族のご子息なのだろう。

メイドが大声を出したことにより、複数の使用人が井戸に駆け寄る。そしてメイドは使用人に改めて執事を呼んでくるように命令した。

いまだに美青年の貴族を抱きかかえたままの俺だったが、走ってきた執事がおそるおそるといった感じで、俺の腕から美青年の貴族を受け取った。ようやく解放されたので会場に戻ろうとすると、メイドに呼び止められ、頭を下げて礼を言われた。

そこまで大事な貴族をこんな吐瀉物だらけの俺が触って問題にならないか今になってドキドキしてきたが、今更考えても仕方ない。それに、罰を受けなければいけないならどうせ後で何か言ってくるだろうと、俺はパーティー会場に戻って吐瀉物の掃除を再開する。

その後もしばらく主催者の貴族と一部の貴族がバタバタとしていたが、俺の仕事は無事に終わった。

パーティーがお開きとなり、主催以外の貴族は帰り、会場内の片付けが始まった。すでに俺の出番はなかったので、道具を片付けて、使用人に依頼終了を言いに行く。すると、彼と執事とあのときのメイドが一緒にいた。

「今夜は本当に助かりました。あの方にもしものことがありましたら、私たちは旦那様とともに処刑されていたでしょう。旦那様に今夜のことを伝えたところ、貴方をお部屋に連れてくるよう命じられました」

というわけで、執事を先頭にメイド、使用人、俺の順番で一列に並んで歩き、貴族の部屋らしき扉の前で止まる。そして、ここで他のメイドがもう一着新しい服を差し出してきた。俺が今着ている服と同じもので、こちらに着替えろということだった。

吐瀉物まみれの服をよほど触りたくないのか、新しい服を持ってきたメイドは小指の爪先一本で引っかけて持っていった。

「貴方はここで少しお待ちください。旦那様は先にメイド長と使用人とお話しなさいます。それが終われば扉を開けますので、扉の前で待機していてくださいませ」

執事にそう言われ、一人大人しく扉の前で待つことになった。しかし、あのときのメイドがメイド長だったとは思わなかった。どうりで色んな人に命令ができるわけだ。と、一人納得していたら、扉が開いて中から執事が出てきた。

「さあ、お入りください。旦那様に今夜の出来事を貴方の口からお話しください」

執事に言われるままに部屋に入ると、中央に白い長テーブルと、それを挟む形で、三人はゆっくり座れる大きめのソファがあった。そのソファにはあの美青年の貴族と、この屋敷の当主が向かいあう形で座っていた。

美青年のソファの後ろには従者だろうか、鋭い眼光の男が立っていて、もう片方のソファの後ろにはメイド長と使用人が立っていた。

今、凄く緊張している。たとえるなら問題を起こして会社の社長の前にいる感じだ。

「お前が今回の吐瀉物収集係か？」

「は、はひ。そ、そうです」

つい緊張で噛んでしまったが、返事をすると美青年はクスッと笑った。笑った顔も可愛いが、気を取り直して背筋を伸ばし、今夜の美青年を助けた経緯を説明した。

「ふむ、なるほど。ならばメイド長の話と繋がるな。メイド長よ、今宵の不祥事は不問にする。それで使用人よ。この者をギルドに頼んで連れてきたことにより、大きな事故が防げた。お前は執事見習いになるが良い。で、最後に吐瀉物収集係のお前、パーティー中の他の貴族からの評判も良かった。そなたの名はなんというのだ？　褒美もいかほど欲しいか？」

「はい。私は今夜のみの依頼を裏ギルドで受けたミーツと申します。私はそこにいる使用人さんとの面接を経て、今夜の吐瀉物の掃除を行なってました。褒美は最初の依頼料だけで大丈夫です」

いくら偉い貴族を助けたからといって、たとえ褒美でも貴族に多くの金銭やお願いごとを要求して、後でゴタゴタしたくないってのが一番にある。

「うむ。だがしかし、君が依頼料のみでいいと言っても、この御仁がそれでいいと言ってくれない。それなら依頼料に多少の色を付けることにしよう」

「そろそろ、私にも話をさせてもらってもいいですか？」

「も、申し訳ございません。どうぞ、お話しくださいませ」

俺と当主との会話が終わりを迎えたと判断したのか、美青年が話しかけてきて、貴族は怯えるように美青年に頭を下げた。

「今夜は本当に助かりました。私はとある国の者でそれなりの地位にいます。貴方がいなければ私は死んでいたかもしれない身。貴方さえ良ければ、私の国に客人として招き、キチンとした職業を紹介しますよ」

美青年は笑顔で凄い話を持ちかけてきた。俺にはもったいないほどの話だ。それに俺は城から放り出されて一人でここまで来たわけではない。シオンやダンク姐さんがいたからここにいるわけだし、この二人に恩を返さずに俺だけどこかに行くわけにもいかない。

加えて、俺の服と荷物を奪っていったチンピラどもに、荷物だけでも返してもらいたいと思っている。

　ここは申し訳ないが断ろう。

「申し訳ございません。もの凄く魅力的なお話ではございますが、私にはこの国で恩を受けた人が二人います。その二人に恩を返さぬまま、私だけいいところに行くというのは、いささか気が引けます。ですから、この話はなかったことにしてください」

　そう断ると、美青年は驚いた顔をしていた。

　それはそうだ。まだ正式な冒険者ではなく、いわばただの日雇い生活をしている者を客人として扱い、その上きちんとした職業を用意するという提案を断るんだ。またとない機会を自身で潰すんだから、驚いて当然だろう。

「へえ、私の提案を断るんですね。それでは、そのお二人に恩を返すまでは私の国には来ないというんですか？」

「そうですね。それに今はまだ冒険者ではないですし、冒険者として正式に登録した後になります」

「ああ、そういえば裏ギルドの依頼と言ってましたね。いくら吐瀉物の掃除係とはいえ、裏ギルドに頼まなければいけないほどの人材不足に、この家は大丈夫か心配になりますね。ですが、そのお陰で私が助かったのも事実。ミーツさん以外の方が来ていたら、私は助からなかった可能性もある。

他国の貴族ですし、私が国に帰っても親にはこのことは報告しませんよ。ただし、ミーツさんとの出会いについては話しますけどね。ミーツさんが近々冒険者になるなら、いずれ私の国にも必ず訪れるときが来ます。そのときに問題なく入国できるように、貴方にはうちの家紋の入った物を何かお渡しししようと思います。それがあれば、よその国の王族や貴族よりも優位に立つことができるでしょう。申し遅れましたが、私の名前はレイン・ラインハットと申します」

美青年はレインと名乗り、従者が持っている鞄から、三つ首の龍の絵の浮き彫り細工が施された長方形の小さなレリーフを手渡された。

「いずれ冒険者になり、二人に恩を返したら、レイン様の国に行かせてもらいます」

社交辞令を言った。

だが、少し引っかかる。冒険者になれば必ず国を訪れると、このレインと名乗る美青年が言ったことにだ。

なぜ、冒険者になれば必ず訪れることになるのだろうか？　だが今は考えても仕方ないことだし、さっさとこの場を切り上げて、報酬をもらって帰ろう。

「そのレリーフを国境の兵に見せると私に連絡が届くように通達しておくから、気兼ねなく来てくださいね」

レインは必ず来ると断言しているが、そんなことを言われたら余計に行きたくなくなるよ。だがら、俺は軽く「そうですね」とだけ言って苦笑いをして答えた。

「そうだ！　信頼の証として、お互いのステータスを見せ合いましょう！」

レインは突然そんなことを言った。ステータス？　ゲームとかにあるやつか？　ステータスなんて出せるのか？

でも、もし出して、どこかに異世界人とかって書いてあったら面倒なことになりそうだ。

そもそも出し方も知らないので、正直にそのことを伝えよう。

「申し訳ございませんが、私はステータスの出し方を知らないのでお見せできません」

「貴様！　そんなわけないじゃないか！　失礼だぞ！　こちらのお方がステータスを見せ合おうと言っているのだぞ！　こっちはいつでもお前を殺すことができる立場にあるんだ。いいからさっさとステータスを出せ」

レインの背後に控えていた従者が怒鳴り出した。剣を持ってないのにどうやって殺すのだろうと従者を見ると、手の平を俺の方に向けていた。

だが本当に知らないものは知らない。それよりも手の平を向けている従者を見て思わずニヤけてしまうと、彼はさらに怒り、手が発光し出した。咄嗟にレインが従者の前に手を出して制した。

「私はこの人と話しているんだ。君に発言する許可は与えていないはずだけど？　それに、この人を殺す？　私の命の恩人だよ？　逆に君を従者の任から外すよ」

「レイン様！　も、申し訳ございません」

レインは冷静に従者を黙らせて、先程の話を続けた。

「本当に知らないんですか？　まあ仕方ないですね。常識ではありますけど、記憶喪失にでもなっているんですかね。それとも私に見せたくないとか？」

「いえ、本当に知らないのです。レイン様がおっしゃる通り、現在の私は記憶が混濁して、こちらの常識が全く分からない状況になっております。ですから、ステータスと言われましても、なんのことだか分からないのです」

レインの言った記憶喪失の話に乗っかり、記憶が混濁していると言うと、彼はニッコリと笑顔になった。

「いいでしょう。説明して差し上げます。通常ステータスとは、人に見せる物ではなく、信頼したい人や信頼してる人に見せる物です。だから、私たちも見せ合い、お互いの信頼関係を深めようではないですか！　手はじめに心の中で……」

「レイン様、申し訳ございませんが、今は多分知らないままの方がいいと思うのです。なぜと言われても説明はできませんが、ステータスはまたの機会にということにはできないでしょうか？」

喋っている最中に被せて断りの発言をしてしまったが、レインは驚いた表情をしているものの、特にショックを受けている風ではないみたいなので安心した。

従者を見ると、真っ赤な顔をしている。

相当怒っているみたいだが、レインの手前何も言えない様子で、握りしめた拳をわざわざ俺に見える位置に上げて、手から血が出ているのを見せつけた。

「そうか残念だね。では、別室で私のステータスだけ見せようか」

そんなに見せたいのか？　レインは！

だが、断ることにした。

「申し訳ございません。レイン様のステータスもお断りします。いずれレイン様のお国に参りましたときではダメでしょうか？」

「うん。本当に残念だけどそうだね。そのときの楽しみにしておきますよ。でも、絶対にウチの国に来てくださいよ」

なんとか説得できたが、なぜそんなに自分の国に呼び込む？　なぜか、かなり気に入られた。

それで話すことはなくなったのか、ただひたすらレインは俺を見つめて笑顔を見せていた。

「あの〜レイン様、この者との話は終わりでしょうか？　夜も更けて遅くなりましたし、今宵は我が屋敷にお泊りになってはいかがでしょうか？」

「いや、大丈夫です。今夜は知り合いの家に行くことが決まっていますので、今日のところは失礼しますよ」

当主の提案を断ったレインは、いまだに顔が真っ赤になっている従者の方を振り向いた。

「あれ？　なんで顔が赤いんだい？　理由は後で聞くね。今宵は楽しいパーティーでした。それでは私どもは失礼します」

レインは従者とともに部屋を退出した。

部屋にいたメイド長も一緒に出ていく。

レインが部屋から退出してしばらく沈黙が流れたが、屋敷からも出ていったのを音で確認した当主は、安心したのか盛大に溜息を吐いた。

「はぁ～～～、ようやく出ていかれたか。そこの者が、レイン様の褒美とステータスの見せ合いを断ったときは肝が冷えたぞ。そこの者、ミーツと言ったな。褒美は執事にもらうといい。執事よ、私に恥を掻かせない報酬を渡すがいい。私は疲れた。しばらくここで休んで寝床に戻る。お前たち全員、下がっていいぞ」

部屋を退出したあと、黙って歩き出す執事に、俺と使用人改め、執事見習いも黙ってついていく。たどり着いた部屋に執事が入り俺たちもそれに続いた。

部屋は真っ暗だったものの、執事がどうやったのか分からないが、蝋燭に火が灯る。

明るくなった部屋には中央にテーブルがあって、そのテーブルの上に三又に分かれた燭台が一つ、それに椅子が四脚あるだけだった。

「では、今夜の貴方の報酬の話をしましょうかね。貴方は依頼料以外で欲しい物はございますか？」

欲しい物はと考えると、あの吐瀉物だらけになった衣服を思いついた。ついでに、灰汁を作ったとき用の空瓶も欲しい。

「厚かましいようですが、可能なら今夜ワインなどが入っていたであろう空瓶をいただけないでしょうか？　ついでに、着替える前に着ていた吐瀉物だらけになった衣服ももらえたらと思いまして」

「え？　ワインもエールも瓶には入ってないですよ？　樽から出してましたけど。衣服については問題ないです。今、ミーツさんが着ている服も差し上げますよ」

あ、しまった！　ウッカリしていた。

瓶なんて、そんなの簡単にほいほい作れないし、ガラスは高価だったはず。でも衣服をもらうことは大丈夫みたいだ。今着ている服ももらえるなんて、なんていい人なのだろうと感動してしまった。

「では、依頼料に色を付けるよう言われましたので、金貨一枚でよろしいでしょうか？」

執事は自身の懐に手を入れて金色に光る硬貨を一枚取り出すと、テーブルに置いた。

俺はその金貨と執事を交互に見つめてしまった。

最高でも銀貨三枚だった依頼料が、金貨一枚という成果にまでなって驚きを隠せないでいた。執事見習いも驚いた様子で金貨をじっと見つめていた。

「それが今回のあなたの報酬ですよ。これくらい渡さないと、私が旦那様に怒られてしまいます」

「あの？　もし迷惑でなければ、細かいお金でもらえないでしょうか？　金貨だと使えるところが限られてきそうですし」

「そう言うと思ってました。先に金貨をお渡ししたのは、今回はこれくらいの働きをしましたということを形でお見せしたかったからです。では細かくして、銀貨七枚と鉄貨二十五枚に銅貨五十枚でよろしいですね。今は私の手持ちがないので、帰りの際に手渡しします。では、メイドのところにあの吐瀉物だらけになった服を受け取りに行ってください。執事見習いの貴方、案内お願いしますよ」

執事はテーブルの上に置かれた金貨を懐に仕舞った。

テーブルの上の金貨がなくなったことでようやく正気を取り戻した執事見習いの案内によって、部屋から退出する。

「あの、今夜は色々ありすぎて、頭が追いつかないですけど、あの貴族の方を助けてくれてありがとうございました。お陰で私は執事見習いになれました。帰りの道中はお気をつけてお帰りくださいね。パーティー後、貴族の屋敷から徒歩で出ていく者は、そこで働く者以外狙われやすくなりますから」

「大丈夫ですよ。いざとなったら大声を上げて全力で逃げますよ」

執事見習いに笑って答えたあと、吐瀉物だらけになった衣服を受け取りに行くと、衣服は井戸のそばの水を張った木桶に浸けられていた。俺はその衣服を軽く洗って絞りに絞った状態で手に持つ。

そして、執事見習いと再び歩いて屋敷の外の門まで行くと、執事が小さな麻袋を手に持って待っていた。

「報酬はこの麻袋に入ってます。今夜はお疲れ様でした。お気をつけて、お帰りくださいね。ああ、その麻袋も持っていかれて結構ですよ」

そう言うと、執事は麻袋を渡してきた。

この袋はもらっていいのかなと考えていたところだったので、どうやら俺はポーカーフェイスができないタチらしい。

こうして、今回の俺の仕事は終わり、帰路につく。といっても家があるわけではないのだが、こんなに報酬をもらったんだ。今夜くらいは宿に泊まるかなと、宿屋街に向かった。

第六話

一旦時を戻し、ミーツを追い出した直後の城に戻る――

「さて、間違って召喚されたいらない者は追放したところで、話を続けるとしようか。マーブル、続きの説明をせよ」

王が冷酷とも言える言葉を放つと、金色のローブを着ている者が話しはじめた。

「では、ここからは儂に話をさせてもらいますかの。まず儂の名前はマーブル・チーコンじゃ。国で一番の魔法使いですじゃ。では、勇者様方の名前と称号など、強さのステータスを見せてもらえますかの？」

「ああ？　称号？　なんだそりゃ？」

召喚された高校生の男の一人が文句を言ったが、マーブルは説明を続けた。

「素直にステータスを出した方が身のためですぞ？　勇者といえど、先程の者のように追放されることもありますのでな。もしかして、ご自分のステータスを見ることができないと、おっしゃるのですかな？」

「あの、ステータスってなんですか？」

「自分の強さとかを見れたりするんですか？」

先程の男子高校生と同じグループであろう女の子二人が聞くと、マーブルは少し驚いたあと、説明を続けた。

「やはり、勇者の方々はステータスの存在を知らないのですかの、ならばお教えしましょう。まず、口に出さないで、心の中で『ステータスオープン』と唱えてくれますかの。そうしたらご自分だけに見える、ご自身の体力などの数値が目の前に現れます。それを他者にも見えるようにするには、今見たステータスを思い浮かべて、『ステータスオープン』と口に出して唱えたらよいのです」

「おー、すげえマジで出てきた。これを口に出して言えば、みんなに見せることができるんだよな？　みんな一斉に出そうぜ」

「ステータスってゲームかよって思ったけど凄いな！　いいぜ、さっきのおっさんみたいに追放とか、シャレにならねえし、やろうぜ」

高校生の男二人はステータスを見られる喜びではしゃいでおり、そのままみんな一斉に言った。

「「「「ステータスオープン」」」」

《名前》田中正義

《年齢》18歳

レベル1

HP2000／2000　MP100／100

筋力50　体力30　魔力3　敏捷度20　運10
《固定スキル》
言語理解　文字変換
《スキル》
両手剣：1　二刀流：1　剣技：1
《称号》
異世界人　剣豪

《名前》鈴木英雄
《年齢》18歳
レベル1
HP1500／1500　MP5000／5000
筋力30　体力30　魔力20　敏捷度30　運10
《固定スキル》
言語理解　文字変換
《スキル》

両手剣：1　魔法剣：1　剣技：1
《称号》
異世界人　聖騎士

《名前》浜崎アリス
《年齢》16歳
レベル1
HP800／800　MP1500／1500
筋力5　体力20　魔力40　敏捷度10　運10
《固定スキル》
言語理解　文字変換
《スキル》
火魔法：1　水魔法：1　氷魔法：1　レベルアップ時MP上昇：1　鑑定：1　杖術：1
《称号》
異世界人　大魔導師

《名前》大和撫子(やまとなでしこ)
《年齢》16歳
レベル1
HP3000／3000　MP2000／2000
筋力100　体力100　魔力100　敏捷度100　運50
《固定スキル》
言語理解　文字変換
《スキル》
火魔法：3　水魔法：3　土魔法：3　風魔法：3　光魔法：1　融合魔法：2　小魔法無詠唱：1　鑑定：1
《称号》
異世界人　勇者（仮）

《名前》桜乙女愛(さくらおとめあい)
《年齢》16歳
レベル1

HP500／500　MP1500／1500
筋力10　体力15　魔力40　敏捷度30　運100
《固定スキル》
言語理解　文字変換
《スキル》
回復魔法：1　光魔法：0.5　火魔法：1　土魔法：1
《称号》
異世界人　大賢者

（ホッホッホッ、なるほどなるほど。先に儂の鑑定スキルで見ていたが、間違いなかったようだの）

マーブルは笑いを隠そうとせず、ニヤニヤと若者たちのステータスを眺めた。

「あのー、スキルのところの、火魔法の後に1とかって数字が付いてるんですけど、どういう意味なんでしょうか？」

アリスは自身の気になっているところをマーブルに質問をした。マーブルは面倒そうな顔をしながら質問に答えた。

「それはの、スキルレベルを表しておるんじゃよ。1だとレベル1、レベル1はまだまだヒヨッコのレベルですじゃ。本来なら勇者様以外には答えたくもないんじゃが、勇者様のお仲間のようですから教えて差し上げるんですぞ。そして、スキルレベルは最大１００まであると言われております。そこまで到達した者は、英雄とも伝説の勇者とも言われますじゃの。平均的な騎士のステータスを出しますぞ。何もない空間から出ますが、驚かないでもらえますかの」

《名前》バズ
レベル20
HP1000／1000　MP100／100
筋力100　体力100　魔力20　敏捷度50　運10
《スキル》
両手剣：20　乗馬：10

マーブルは横に並んでいる騎士に指を差して、騎士のステータスを出した。

「と、こんな感じじゃな。では、次はこの国と勇者様方が戦っていただく魔族の話をしようかの」

「おお、すげえ！　俺、勇者じゃなかったけど剣豪だって。宮本武蔵（みやもとむさし）かよ」

「俺も、聖騎士だって。俺ＴＵＥＥＥんじゃねえか」

「大魔導師って魔法使いと一緒なのかな」

「私が勇者って……でも（仮）ってなんなのかな？」

（なんとうるさいガキどもじゃ、残念。大賢者って柄じゃないんだけどなあ」

（なんとうるさいガキどもじゃ、黙って説明を受けられないのか！）

はしゃぐ若者たちに、マーブルはイライラした。

「おいおい、そこのカラオケ店員もステータス出せよ。出してないだろ」

（また、聖騎士の称号のガキが、残りの一般人に文句を言っておるが、寛容な儂じゃ、しばらく黙って見ておいてやろう）

マーブルは自分に言い聞かせるように心の中で呟いた。

そして、二人のカラオケ店員も一斉に「ステータスオープン」と言う。

《名前》山本綾
《年齢》23歳
レベル1
HP400／400　MP300／300
筋力25　体力10　魔力25　敏捷度25　運20

《固定スキル》
言語理解　文字変換
《スキル》
火魔法：1　水魔法：1　速読：1　聞き耳：1
《称号》
勇者召喚に巻き込まれた一般人　魔法使い

《名前》川野士郎
《年齢》26歳
レベル1
HP2000／2000　MP0
筋力50　体力100　魔力0　敏捷度80　運20
《固定スキル》
言語理解　文字変換
《スキル》
拳鋼鉄化：1　肉体強化：1　敏捷瞬間2倍：1

勇者召喚に巻き込まれた一般人　拳闘士

《称号》

「ブハッハ、男店員、魔力0じゃねぇかよ」

「笑ってっけど、正義、お前もほとんど変わらないじゃねぇか！」

「本当にうるさいガキどもじゃ！」

「あ、ごめんなさい。マーブルさん。説明を続けてください」

マーブルはつい怒鳴ってしまい慌てて口に手を当てたが、勇者の称号を持つ撫子に謝られた。

「ゴホン、あー、よろしいですかの？　騒ぐのは後にしてもらいますぞ。では、まずこの国の名は王の名前の一部でもある《クリスタル王国》と言いますのじゃ。そして勇者様に戦っていただくのは、クリスタル王国を脅かす魔族と呼ばれている者と、その魔族に与する者――獣人やエルフですじゃ。つまり、彼らの討伐が目的で、勇者召喚をいたしましたのじゃ」

「獣人にエルフキター！　まさに異世界」

「あの、エルフは私たちがいた世界でも、映画とか物語に出てきていたから分かるんですが、獣人ってどういった人なんですか？」

愛は獣人にエルフという単語に喜び、アリスはエルフは知っているが、獣人については知らないので、マーブルに質問をした。

「物語に出てくるなら知っていると思うが、エルフは基本森に住んでいる耳が長い種族ですじゃ。弓や魔法に長けており、凄く長命な種族ですじゃ。そして獣人というのは、二足歩行する獣と一緒ですじゃ。人の姿じゃが獣の耳に尻尾を生やしてる者から、全身獣そのものなのに、人と同じ二足歩行で戦ったりする者まで。獣人は身体強化系が厄介で、獣特有の能力と身体強化で、瞬時に肉体が強化されるスキルを持っていると言われてますじゃ。どちらも人に対して強い警戒心と敵対心を持っておりますのじゃ。それで、最後に魔族の話をしますぞ。魔族はこの大陸とは違う大陸に住む者で、基本の肌の色は黒か赤か青じゃ。すごく好戦的で残虐な種族ですじゃ。その中でもとりわけ厄介な者が、魔王と呼ばれている魔族の王じゃが、その強さと魔力は途轍もないと言われてますのじゃ。そして魔族はエルフ以上に魔法に長けた種族で、魔物すらも従えたりするとのこと。エルフと違うのは、エルフは仲間で動くことが多いのに対して、魔族は単独で動き、魔法の威力と一人一人の使う魔法のスキルレベルが高いところと言われてますのじゃ。と、大体の説明はこんなところじゃの。では、各々話すこともあると思いますので、今日のところはここで解散としますかの。女性部屋と男性部屋で分かれて案内させますぞ」

　マーブルは複数のメイドを呼んで、召喚された者たちを部屋に案内させた。そして彼らが玉座の間から出ていき、騎士たちも下がらせ、マーブルと二人っきりになったとき、王は言った。

「マーブルよ。今回の勇者たちはどうなんだ？　籠絡できそうか？　失敗ならまた次のを召喚するがいい。やつらにステータスを出させる前に、鑑定スキルで先に見ておいたんだろ？」

「王よ。もう次のを召喚できるほどの魔力も人材もおりませんで、今回の者たちに期待するしかないですの。ステータスはもちろん見ておりますぞ。勇者が男のどちらかだったなら簡単だったかもしれませんが、女である以上なんとも言えませんな。明日以降の訓練で、強くて容姿のいい騎士と懇意にさせて、その者に惚れさせることができれば、籠絡は容易いでしょうがの。試しに副団長に任せてみますかの」

「だが、そんな面倒なことをしなくても、隷従の首輪でもつけさせたらどうだ？」

「つけさせる前にバレたときの方が面倒なことになると思いますのじゃ。相手は子供といえども、勇者ですからの。仲間の子たちとともに他国へ行くと言われれば、止める術がなくなると思いますのじゃ」

「偽装スキル持ちが偽装して、隷従の首輪をつけさせたらどうだろうか？」

「それは儂も考えておりましたぞ。では、いざとなったら、先に仲間の男たちを籠絡し、人質にしてから、強制的につけさせますかの」

「そうか！　ならば隷従をさせるのは、マーブルに任せる」

「ところで国王よ。召喚に巻き込まれた一般人についてはどうされますかの？　男が使えるかどうかは、訓練してレベルを上げさせてから考えればいいとして、女の方はなかなかの容姿でしたからの。王の正室か側室にでもされてはいかがですかの？　黒髪は、勇者の末裔や異世界人以外で、人族では滅多に見ないですからのう」

「確かに類い稀な黒髪の美女だったな。うん、それでは後で聞いてみてくれ。まあ、ダメならダメで隷従の首輪をつけさせた後にでも楽しむとするかな？　フフフ。今はあの者を側室に迎えて、まだ子供だが、いずれは勇者を正室に迎えようかな。まだ幼いが、数年経てばいい感じに育つことだろうな、今のうちから想像するとニヤケてしまうな」

（全く、王も物好きなものじゃの。あんな小娘がいいだなんてな。じゃが、そんなことは言わぬでおこう。儂もそろそろ退出するとしようかの）

「では儂も、明日から勇者を指導する騎士の選抜など、やることがありますので、そろそろ失礼いたしますぞ」

マーブルは玉座の間から出ていき、城の廊下で考え事をしながら、ブツブツと独り言を呟き出した。

「それにしても、勇者の称号の勇者（仮）が気になるのう。（仮）がとれて、真の勇者になってくれればいいがの。あの男を追放したのは早計だったかもしれないのう。儂の見たステータスは、ゴミみたいだったが、スキルや称号までじっくり見ていれば良かったかの？　じゃが、あのステータスじゃ、大したスキルや称号じゃないだろうからの」
マーブルは追放した者のステータスを思い出していた。

《名前》真島光流
《年齢》40歳
レベル1
HP200　MP50
筋力40　体力10　魔力1　敏捷度10　運マイナス20
《スキル》
＊＊＊＊＊
《称号》
勇者召喚に巻き込まれた一般人　＊＊＊＊＊

「きっと気のせいじゃの」
マーブルはそう呟(つぶや)いて、明日以降、召喚された者たちを指導する騎士の選抜に向かった。

第七話

王とマーブルが玉座の間にて話をしていた頃、男部屋には先程説明を受けた者が全員集まっていた。

「これから、どうするのがいいと思う？　正直、俺はワクワクしてる」

「俺も俺も！　やっぱり正義（まさよし）と俺は気が合うな！　訓練はだりいと思うけど、ある程度したら魔物退治でレベル上げできるって言うし、俺ＴＵＥＥＥできるかもしれないしな」

「英雄（ひでお）くん、よく俺ＴＵＥＥＥ知ってるね？　もしかして、ゲーム好きだったりするのかな？」

「あー、それな。ゲームやるのも動画見るのも好きだから、動画で覚えたんだよね。逆に桜乙女さんこそ、よく知ってるね」

「私はライトノベルによく載ってるから知ってるだけだよ」

「なんで、みんなそんな楽観的なの！　元の世界に帰れないかもしれないんだよ！　それに、魔族と戦うとか無理だよ～。私たちがこっちに来たことによって、元の世界ではどうなってるか分からないのに、正義くんみたいにワクワクなんてできないよ」

英雄と愛が楽しそうに会話していると、唯一勇者の称号を持つ撫子が、半分ヒステリーを起こしながら二人に噛みつくように文句を言った。

「撫子は勇者だから、まだチヤホヤされる可能性大だし、私も大魔導師で愛も大賢者だから優遇されるかもだけど。店員さん二人に悪いと思わないの、男子二人？」

そんな撫子を宥めるようにアリスがベッドの上で彼女を撫でながら、いまだにはしゃいでいる正義と英雄に怒った。

「アリスさん、実は僕も少し楽しみにしてるんだよね。昼はあのカラオケ屋、夜は道路工事の誘導警備をしてた日々だったから。生活環境どころか世界自体が変わっちゃったけど、さっき追い出されたオジサンみたいにならないよう、心機一転頑張りたいと思ってんだよね。って、いきなり下の名前で呼んでゴメンね。他の子たちがそう呼んでいたから咄嗟に出ただけだから」

（士郎さんまで何か楽しみとか言っちゃってるし。みんな頭おかしいんじゃないのとか思ったけど、しばらく黙って見ていよう）

カラオケ店員の士郎とは対照的に、同僚の綾は心の中で文句を言っていた。そんな彼女をよそに、アリスが口を開いた。

「いえ、いいですよ。愛、こっちの世界では外国みたいに、名前と名字が逆だと思えばいいのかな？」

「うん、アリス。それでいいと思うよ。王様もマーブルさんも名前が先っぽかったしね。もしかしたら、名字があるの、貴族だけかもしれないしね」

「分かった、ならここで改めて自己紹介しましょうか？　私たちは知ってるけど、店員さんたちの名前は知らないし、同じ日本人だし助け合えたらって思うから。じゃあ私から言うね。私は浜崎アリス、称号は大魔導師です。こちらの人たちみたいにアリスって呼んでください。じゃあ次は愛、いこうか」

「うん。私は桜乙女愛です。称号は大賢者です。私も愛って呼んでください。じゃあ、次は撫子？」

「わ、私？　えっと私は大和撫子と言います。称号は勇者（仮）です。以上です」

「撫子ちゃん、次指名しなきゃダメだよ〜、俺は田中。下の名前は正義と書いてジャスティスって読むんだけど、本名嫌いだからジャスティスとは呼ばないでくれるかな。みんなが呼んでるみたいに『まさよし』って呼んでもらうのがいいかな。称号は剣豪だ。次は英雄、いこっか」

「おう！　俺は鈴木だ。俺も下の名前は正義と一緒でキラキラネームというやつで、英雄と書いてヒーローって読むんだけど、俺のこともみんなと同じように『ひでお』と呼んでくれ！　てか、この世界じゃ名字いらなくないか？」

「英雄くんの言う通りかもしれないね。僕は川野士郎。称号は拳闘士です。あ、年は二十六歳です。多分あのおじさん以外では年長者だと思う。じゃあ、最後山本さん、いこうか」

「あ、はい。私は山本綾といいます。称号は魔法使いです。多分アリスさんの下位互換だと思います。年は二十三です」

綾は急に自分に振られたことに動揺してしまった。

「じゃあ、これからは、正式な場所以外では名字はなしで呼び合おうか」

「アリスちゃん、普通にいつも下の名前を呼び合えばいいんじゃないか？」

「うん、僕も正義くんに賛成だね。敬称をつけるつけないはそれぞれに任せていいと思う。もし騎士さんや他の人に自己紹介するとしたら、僕の名前は『士郎』、称号は拳闘士です、と簡潔に言えばいいんじゃないかな」

「うーん、もう少し考えたかったけど、思いつかないし、それでいきます。じゃあ、みんなそれでいい？　士郎さんの言った自己紹介で」

「「「いいと思うよ」」」

士郎の提案でいいか、アリスがみんなに確認すると、みんなも了承した。

「私も士郎さんみたいに下の名前で呼んでもらえますよね？」

「もちろんっすよ！　綾さん」

「俺も俺も、綾さん」

正義と英雄は綾の前にデレデレした顔で出てきて、綾の名前を呼んだ。

「僕は綾ちゃんって呼ぶけど、みんなのことも呼ばなきゃダメだよ」

「私たちももちろん、綾さんって呼びますよ」

「ありがとう。正義くん、英雄くん、士郎さん、愛ちゃん、アリスちゃん、撫子ちゃん。下の名前で呼び合う環境に今までいなかったから、戸惑っちゃって」

「僕たちは元の世界に無事帰れるか分からないけど、日本人同士頑張っていきたいと思うよ」

そう士郎が現状を締めくくると、それぞれ用意された部屋に戻り、睡眠をとることになった。


そして翌朝、メイドの案内で今回召喚された者全員が城の訓練場に行くと、既にマーブルが数名の騎士を連れて待機していた。

「では、各々に合った騎士をこちらで勝手に選んでいきますぞ。まず、騎士団長が今のところ不在なため、勇者様には副団長をお付けしますぞ」

マーブルは召喚された者全員の前に副団長を出して紹介した。

「勇者様方、私はこの城の騎士団の副団長を務める『ケイン・マクガリズム』と申します。気軽にケインとお呼びください。では色々と危険なため、勇者様は皆様から離れた場所に移動して訓練をしましょう」

「あ、あの、ケイン様、みんなと一緒じゃダメですか？　なるべくみんなから離れたくないのですが」

「私の独断で考えていいものか。どうされます、マーブル様？」

「副団長殿の独断で結構ですぞ。訓練や戦いについては、副団長殿に任せますからの。勇者様は色々と皆様よりも優れておいでていらっしゃいますので、勇者様の身の安全というよりも、お仲間の安全のために離れて訓練した方がよろしいかと思いますがの」

「分かりました。じゃあ、訓練で力を制御できたら、みんなと一緒にいていいんですよね？」

「それはもちろんいいですぞ」

「では参りましょうか、勇者様」

撫子と副団長のケインは特別な場所で訓練するということで、他のメンバーたちのいる訓練場から出ていった。

「撫子ちゃん、行っちゃったな。イケメンで高身長で優しそうで強そうな副団長と」

「正義、妬くな妬くな。俺たちも頑張ろうぜ」

そう正義と英雄が楽しそうに話しているのを眺めている綾に、マーブルが話しかけた。

「ああそうそう、巻き込まれた一般人の綾殿には王からいい話があるそうなんでな、一緒に来てもらえますかの」

「……分かりました」

そうして、綾だけがマーブルと王のいる玉座の間に向かった。玉座の間に着くと、王は玉座に座っており、周りには騎士どころか王と綾とマーブルの三人だけしかいない状況だった。

「さて、来てもらったのは、お主にいい話があってな。平和な異世界からやってきたお主にとって、ここは少々危険な世界だ。だから、お主のような一般人で綺麗な者に危険な目に遭ってはもらいたくないのだ。だから、仮でだが、余の妻にならぬか？　正室か側室かは、まだ決めておらぬが、いい話だと思わぬか？」

（この人は何を言ってるのかな？　舐め回すように私の身体を見てるし、気持ちが悪い。絶対お断りだよ！　でも、普通に断って大丈夫かな？）

王の提案に綾は身震いをして、心底嫌そうにした。

「いい話だと思うのですが、お断りさせていただきます。やはり、同じ世界の人たちと一緒にいたいと思いますので。断ることによって追放されたり、殺されたりはするのでしょうか？」

綾は勇気を振り絞って提案を断り、おそるおそる王を見て、そう聞いた。

「……分かった。なら、下がってよい。みなのところに行くがよい。そのような意味のないことはせん！　お主を殺しても、勇者様の印象が悪くなるだけだからな」

王はムスッとして、綾を虫でも追い払うかのように、手で払った。

「分かりました。ありがとうございます」

綾はホッとして、一人玉座の間から出て扉を閉めた。だがその途端、玉座の間から話し声が聞こえてくる。綾は不審に思い、周りに人がいないことを確認したあと、扉に耳を当てて聞き耳のスキルでそれを聞くことにした。

「良かったのですかの？　タダで帰しても」

「よい、そのうち自分から頼みに来たくなるように、仕向ければいいだけの話だ」

「王よ、では勇者籠絡の件を急がせますぞ」

「それもよい。籠絡はおそらく近いうちになされるだろうからな」

「そう上手いこと進めばいいのですがの」

「進むさ。進まなければマーブルが考えるだろ？」

綾は王たちの会話を聞き驚いた。

（なんてことを言ってるの？　籠絡？　撫子ちゃんを？　私が頼みに来るなんてありえるはずがないじゃない。急いでみんなに報告しなきゃ）

綾は扉から離れ、走ってみんなが待つ訓練場に向かった。

綾が訓練場に戻ると、みんなはいなかった。そこで近くにいるメイドに尋ねると、休憩所にいると言うのでそのまま案内してもらう。

訓練は男女別だったらしく、休憩所も男女で分かれていた。綾が案内されたのは、当然女性用である。

「あ、綾さんが帰ってきた。どうでした？　どんな話でした？」

綾が休憩所に入るなりアリスが質問してきたので、綾は玉座の間での王との会話の内容を話した。

「何それ！　あの王様思ったよりも手が早いですね。クズですね。でも、断って大丈夫なんですか？　追放されたり殺されたりはしないんですかね？」

「愛、シーッ！　騎士さんたちに聞こえるよ！　もう少し声を抑えて」

「それは大丈夫そうだった。とりあえず約束してくれた。断ったことによって私も追放されるか殺されちゃったりするんですかって聞いたの。そしたら、勇者様の印象が悪くなることはせんって言ってくれたけど、裏じゃ何か企んでるかもしれない」

「じゃあ、綾さんが何もされないように、私たちが常に一緒に行動するから安心してください」

「ありがとね。ただ、勇者の撫子ちゃんが危ないかもしれないね」

「と、言うと？　何か気がかりなことがあるんですか」

「うん、私が玉座の間から出てすぐに、王様とマーブル様が勇者を籠絡（ろうらく）するって話をしてたから、撫子ちゃんが一番危険かも。今日訓練から帰ってきたら注意した方がいいかもしれない」

「あのクズ王、ろくなこと考えないね。綾さん、分かったよ。アリスと私で撫子に注意するよう言っておくね。でも、考えたら初っ端に追放されたおじさんがどうなったか気がかりだよね。殺されたのか、異世界物の定番である冒険者ギルドに行ったか気になるよね」

「愛、冒険者ギルドって何？」

「冒険者ギルドって、異世界物には必ずあると言われる、薬草採取や魔物退治を請け負う、なんでも屋のようなところだよ。自由気ままな職業だと思ったらいいよ。今度本当にあるか聞いてみるね。もしくは、街に出られたときにでも探そっか。おじさんが生きていて冒険者になっていたらいいな。同じ日本人として殺されてないといいなって、思うよね」

「まだこの王都にいるか分からないけど、ちょっと捜そっか？」

「うん！」

「でも、ステータスの出し方とか分からなかったら、難しいんじゃないかな」

「綾さん、悲観的に考えてもいいことないから、前向きにポジティブに考えようよ」

（愛ちゃんはそう言うけど、本当にお金ももらえなかったみたいだし、もう生きてないと思うんだけど。これも口に出さない方がいいんだろうなあ）

そんな女性だけの会話も終わり、騎士の一人が訓練を再開するために、綾、愛、アリスを呼びに来た。

一通り初歩と言われる訓練をやり続けた後、最後に騎士たちが一同に並ぶと、終わりを告げた。

「では、今日の訓練は終わります。各々部屋でゆっくり休むなり、図書室で勉強するなり好きにするといい。図書室で勉強する者は、マーブル様などどなたか偉い方に許可をとるように！　では解散」

「はー、やっと終わったー！　なかなかハードだったな。女子の方も大変だった？　まさか、男子と女子で分かれて訓練するとは思わなかったぜ！　休憩のときも男だけでむさかったぜ。後は、撫子ちゃんだけだけど、部屋で待ってた方がいいのかな？」

「正義くん、撫子は私たちが担当するから、男子たちはゆっくり休んでていいよ。もし余裕があったら、マーブル様に図書室の許可もらっておいて」

「りょーかいだぜ、アリスちゃん」

　そして、男たちと訓練場で別れた女性たちは、いつもの女性部屋で撫子が帰ってくるのを待つことにした。

「ただいまー、みんなはどうだった？　私は意外と楽しかったし、ケイン様が結構優しかった」

　撫子が疲れた様子もなく、元気よく部屋に入ってきたことに、アリスはムッとした。

「撫子、あんた気をつけた方がいいよ。王様とマーブル様が撫子を籠絡（ろうらく）して操り人形にするみたいな話が出てるんだから」

「何それ？　アリス、私がイケメンなケイン様といい感じになりそうだから妬（や）いてるの？　大体そんな話、どこから聞いてきたの？」

「綾さんが撫子が出ていってすぐ、王様に呼び出されたんだよ。そして、王の正室か側室にならぬかと言われたらしいの、でも綾さん断ったの。で、そのとき王様は特に何も言わなかったんだけど、綾さんが玉座の間から出ていった直後、マーブル様とこんな話してたみたいよ。勇者を格好いい騎士に籠絡（ろうらく）させて、隷従の首輪をつけさせて自由を奪うみたいなことをね。もしかしたら撫子を盾に、私たちにも隷従の首輪をつけさせるかもしれないね」

「そんな……ケイン様が私を籠絡（ろうらく）？　信頼関係を作るって言ってステータスを見せてくれたのも演技？　やっぱり信じられないよ。それにケイン様は言ってたよ、ステータスは基本他人には見せないって。信頼してる人、信頼したい人に見せるものだって」

「それは本当かもだけど、手籠（てご）めにしようとしてる相手なら、そういうことをするんじゃないかな？　それに、ステータスって丸々その人のことが分かるじゃない？　ケイン様のステータスで何かおかしな箇所はなかった？」

　アリスはなるべく優しく語りかけると、心当たりがあったのか、撫子は俯（うつむ）いた。

「……あった。けど、事情により隠してるって言ってるだけだったから」

「撫子？　まず先にケイン様とどんな話や訓練をしたのか、詳しく聞かせてくれない？」

　アリスは俯（うつむ）いた撫子を下から覗（のぞ）き込むように見た。そんな撫子はポツリポツリと話し出した。

「覚えている範囲だけど……」

そう言うと、撫子は回想に入った。

■

特別訓練場でのケインと撫子の会話はこうだった――

「では、一応私のステータスを勇者様にお見せしますね。一部事情があって隠してる部分もありますから、そこのところはご理解してください」

《名前》ケイン・マクガリズム
《年齢》20歳
レベル30
HP4000／4000　MP1500／1500
筋力250　体力220　魔力120　敏捷度100　運10
《スキル》
両手剣：30　魔法剣：20　片手剣：25　盾：25　***
《称号》

副団長　聖騎士　＊＊＊＊＊

「と、こんな感じです。ステータスは基本、他人には見せないのがこちらの常識です」

「でも、私たちは玉座の間で出させられましたよ」

「それは、まだ勇者様方がステータスの出し方について何も分からない状況だったからなのでは？　本来、信頼してる人、もしくはこれから信頼して欲しい人などに見せるものです」

「なら、私に見せたのは、これから信頼して欲しいから見せたってことですか？」

「その通りです、勇者様」

「それなら、その勇者様もやめてください！　私は撫子って名前なんで、撫子って呼んでください。勇者様だと他人行儀で、なんか嫌なんで」

「分かりました。確かにこれから信頼関係を築こうとしてるのに、勇者様はなかったですね。では、これから撫子さんとお呼びしますね」

「はい！　すぐみんなと一緒にいられるように、頑張ります」

■

こんな感じだったと、撫子はこの場にいる全員に話した。そんな彼女を、アリスはそっと抱きしめ、頭を撫でていた。

そして、二人を見ていた愛が口を開いた。

「撫子、ケイン様は黒だよね。辛いだろうけど、本当に気を付けてね。ただ、仮に撫子が隷従の首輪や隷従と名のついた物をつけさせられてしまったときに私たちがどういった行動をとった方がいいか、話し合っておいた方がいいかもだね」

「一旦城から飛び出して様子を見るとか？」

「綾さんのそういう案も私はアリだと思います。っていうか愛、隷従と名のついた物ってなに？」

ライトノベルをよく読んで知っているであろう愛に、アリスは自分が知らない単語を質問した。

「多分異世界物の小説と一緒なら、隷従の首輪はつけた人を奴隷のように扱えたりできるやつじゃないかな。逆らったりすると首輪が締まって死ぬ、みたいな物だと思う。同じように、隷従とつく腕輪だったり指輪だったりがあると思う。例えば、腕輪や指輪なら首輪と同じ性質で、逆らったりしたら毒が注入されたりする……そういうのがあると思う」

「愛！　まさか、そんな物がこの世界にあるの!?　ちょっと、この話は男子たちも交えて話さない？　ヤバイ感じになってきてるよ」

「うん。私もアリスちゃんの考えに同意する。みんなで男の子の部屋で話そう」

その後、女性部屋で話した内容を、アリスが代表して男たちに話した。

「はあああっ！　ムカつく～、あのクソ王とマーブルのジジイに、いけ好かない副団長！」

「正義くん、それ言ったら、この城のみんなじゃないかな。敵対してるのは魔族と獣人とエルフって言ってたけど、もしかしたらその話も怪しいかもね」

正義が怒っているのを士郎が宥めた。

すると、今度は英雄が提案した。

「訓練は一週間って言ってたけどよ。どうにか説得して早めに街に出させてもらうことってできねえかな？　そのときにでも、この世界の通貨とか、そういう常識を教えてもらえればって、俺は思うんだけどよ」

「それは私も思った。私たちは勇者じゃないからそれが可能かもしれないけど、撫子は多分出してもらえないと思う。それじゃ意味ないと思うんだよね、私は」

「アリスちゃん、じゃあ一旦私たちだけで街に出て、情報収集とか、この世界のことを知っておいて、あとで撫子ちゃんに教えてあげるのはどうかな？」

綾はアリスに自身の考えを提案してみた。

すると、みんなは続々と綾の提案に乗った。

「僕も、綾ちゃんの案に賛成だな」

「撫子には可哀想だけど、私も綾さんに賛成だよ」

「確かに綾さんの案はもっともだけど。誰かは残って撫子に危険がないようにしなきゃって、私は思うんだけど……」

「それならアリスちゃん、その役目、俺と正義でいいんじゃねえか？　女子だと男の力になすすべもなくヤラレちゃうだろうから、俺と正義で残るよ。で、他の女子たちの護衛は士郎さんに任せるよ」

「カッケーな英雄！　でもその通りだ。撫子ちゃんの訓練も、今は無理でも、早く俺たちと一緒にやれるようにしてやらないとな」

正義と英雄が残ると言ったことに綾は不安を隠せずにいたが、残りのメンバーは二人が残るなら と安心している。

「私たちは、街に出られたら初日に追放されたおじさんを捜してみようと思ってるの。もし生きてたら何かしら協力してくれるかもしれないし、冒険者になっていたら色々教えてもらえるかもしれないしね」

「愛ちゃん、酷なこと言うけど、さすがに生きてないんじゃないかな。僕たちが外に出られるようになるのは、最低でもあと一週間はかかる。常識も通貨も持ってないし、街の外に出れば魔物っていう怪物がいる。なかなか厳しそうな世界だけど」

「士郎さん、それでも捜してみたい！」

愛と士郎でそういったやり取りをしつつ、この議論は終了して、女たちは部屋に戻っていった。

そうして訓練を続けていると、あっという間に一週間が経った。

街に出る予定であるメンバーの士郎、綾、アリス、愛は無事にその許可が下りて、城から出ることができた。

「やっと外に出られるね。マーブル様や騎士の人たちに通貨と冒険者ギルドのことも教えてもらったし、準備万端だね」

「愛、浮かれないようにしなさいよ？　ここは日本じゃないんだから、どこに危険があるか分からないんだからね。それで、お金は誰が持ちます？」

「男の僕が率先して持つことにするよ。最終確認だけど、通貨の価値は日本で言えば、石貨一枚＝十円、銅貨一枚＝百円、鉄貨一枚＝千円、銀貨一枚＝一万円、金貨一枚＝十万円、白銀貨一枚＝一千万円、黒金貨一枚＝十億円で良かったよね？　で、僕たちがもらったのが、銀貨五枚の五万円分だね」

「そうですよ。間違いないです。付け加えるとしたら、黒金貨の上もありますよ。オリハルコンっていう稀少な鉱石から作ったオリカル貨ってのがあるらしいです。ただ、黒金貨以上は一度に稼ぐ(かせぐ)

ことも扱うこともほとんどないそうですから、実質黒金貨までが覚えるべき貨幣ですね。ちなみにオリカル貨ってのが、一枚で一兆円くらいの価値らしいですよ」

「ひぇ～僕、そんなの持ち歩きたくないね。白銀貨でも無理だよ」

最後にアリスと士郎がこう言ってから、彼らは街に出ていった。

ただし、マーブルから条件を出されている。その条件とは、冒険者ギルドで登録してもいいが、勇者召喚で呼ばれたとは言わないこと。また、冒険者の依頼は受けてもいいが、簡単な依頼しか受けてはいけないことと、王都から外に出てもいいが国外に出ないことの三つだった。

第八話

貴族の屋敷での仕事を終えた俺――ミーツは、すぐに宿屋街にたどり着いた。だが、正直、色んな宿屋があって迷った。さんざん迷ったあげく、大通りにあって、ギルドからも近い場所にあった宿屋に決めた。

この世界に来て初めてベッドで休めると思うと嬉しくなったが、なんだかんだあってもう朝になりかけていた。そのせいか、入ろうとした宿屋の扉も鍵が閉まっている。だから、宿屋の前でウロウロしたり、仁王立ちで立っていたりと、扉が開くのを待った。

そうしていると、一時間か二時間くらいで鍵を開ける音が聞こえ、宿屋の中から――女将さんなのか、二十代後半～三十代前半くらいのお姉さんが出てきた。

「おはようございます。今日こちらに泊まりたいと思ってるんですが、部屋は空いてますか？　それと一泊おいくらくらいでしょうか？」

女将らしき女性に聞くと、彼女は俺の見た目など気にする様子もなく答えてくれた。

「部屋は空いてるよ。ウチの宿は一泊鉄貨三枚で、食事込みだと朝晩入れて鉄貨三枚と銅貨五枚だよ」

そう答えてくれたが、計算が苦手な俺には何日泊まったらいくらになるか、ちょっと時間が必要だった。

すると、先に計算してくれたのか、女将らしき女性が教えてくれた。

「もし三泊とかするんだったら、銀貨一枚と銅貨五枚だよ」

「スミマセン、計算が苦手で、じゃあとりあえずそれでお願いします。三泊で！」

もちろん、一泊が三千五百円分くらいっていう計算はできたけど、まだこっちの通貨に慣れてないから戸惑ってしまう。こんなときスマホがあれば、計算機で簡単に出せるのだが、ダンク姐さんに預けていて今は持ってない。しかし泊まりだけで三千円ってどうなんだろう。他のところの相場を知らないから安いのか高いのかがいまいち分からない。

「これから友人のところと、ギルドに行くんで、また後程来ます」

「それなら先に部屋だけ案内するよ」

女将（おかみ）について宿屋に入ると、よくラノベやゲームなどである内装で、軽く興奮した。

入ってすぐ真正面に受付のカウンターがあり、横に通路があってその先には食堂らしきものがある。受付カウンターの横には上にあがる階段があった。

そして、その階段をあがり、二階の角部屋に案内された。

木窓があり、ちょうど表通りが見えて、日の光が入るいい部屋だ。

こんないい部屋でいいのかと思った。

ベッドも硬そうなのを想像していたが、座ってみるとそんなに悪くない。これで一泊三千五百円はむしろお得かもしれない。

「じゃあ銀貨一枚と銅貨五枚になるけど、手持ちはあるのかい？」

「ああ、あります、あります」

麻袋を開けて必要な硬貨を取り出し、女将（おかみ）に金を手渡しした。

「ん、これがこの部屋の鍵だよ。なくしたら部屋に入れないからね。食事は今夜からにするかい？それとも今から食べるかい？」

「いえ、今は食欲がないので、夜からお願いします」

さすがに、ほぼ一晩中人の吐瀉物を扱っていたら食欲もなくなる。それまでは腹を空かしていたが、今は全く空いていない。

「日が沈んで隣の酒場が閉まると、うちも閉めるよ。この部屋は自由に使っていいけど、部屋の物を壊すことがあれば出ていってもらうからね。それと、街から外に出るってときは一旦鍵は返しなよ。冒険者は街の外に出ると、そのまま帰らない人もいるからね。それと、荷物は最大で十日間、うちに預けることができるよ。部屋にではなく、うちの倉庫に保管するけどね。部屋の掃除だけど、基本お客さんから掃除してと言われるまでしないよ。そのときは、散らかり具合によっては金を取るからね。湯が欲しくなったら銅貨一枚だからね」

女将は宿屋の説明を気怠そうにしてくれた。

朝早いからなのか、時々欠伸をしていた。

「あの～、ちなみにですね。隣の酒場が閉まったら宿には入れないんですか？」

「入れないよ。宿から出ることも禁止にしてるよ。お客さんがどんな人かも知らないし、宿を閉めてる時間に勝手に出入りされると、こっちも困るからね。うちに長く泊まってどんな人か分かるようになれば、宿屋の勝手口の鍵を渡すよ。もう既に長く泊まってくれている人には渡しているからね」

「なるほど、分かりました。部屋に私物を置いたままでも大丈夫ですか？」

「街にいる間は部屋に置いてってもいいよ。基本、私たちは部屋には入らないけど、盗られて困る物や貴重品などは置かないようにしなよ。なくなっても知らないからね」

「分かりました。説明ありがとうございます」

そうして、女将は気怠そうなまま部屋から出ていった。残された俺はレインからもらったレリーフをベッドのシーツにくるんで、ベッドの下に入れた。

とりあえず、シオンのところに寄って、そのあとダンク姐さんのところに行こう。

それでまたお金を預かってもらわないといけないし、シオンにもあのことを頼まないといけない。ダンク姐さんとのデートはおそらく、いや絶対断られるだろうなあ。断られるだけじゃなく、きっとキレられる。

さっそく宿屋を出てシオンを捜す、捜す、捜す……がいない。寝床にいない。食事するところにもいないし、井戸にもいないし。どこにいるんだ？

仕方なく裏ギルドに向かった。

そういえば、朝から裏ギルドに行くのは初めてだな。朝から開いてるかなと思いつつ、ギルドにたどり着き、裏ギルドの方に回ると驚愕した。人、人、人、人ばかりだ。

裏ギルドの掘っ建て小屋に多くの人が並んでいた。

よくよく見れば、スラムの人ばかりだ。

見たことのある顔がいくつかある。

並んでいる人に聞くと、朝にしかない依頼があったりするからだそうだ。

例えば、簡単な魔物退治なんかは人気があるため、朝一に行かなければ受けられないそうだ。

他にも常時依頼以外の依頼は、朝のうちになくなるんだそうだ。

「ヤバイな。ダンク姐さんにかなり込み入った話をしたかったのに、このままではできないな」

そう呟いていると、シオンが裏ギルドから出てきた。ここに来ていたのか。一人納得し、彼を呼び止める。

「おはよう！　シオン」

大勢いるから、つい大きな声が出てしまう。シオンは手を上げてくれたが、他の人にもジロッと見られ、ちょっと恥ずかしい思いをしてしまった。

「よう！　朝から珍しいな、まだ洗濯の時間帯だろ？」

まだ一回しか受けてない洗濯の話を振ってきた。

「いや、洗濯は一回しか受けてないよ。昨夜は違う依頼の仕事をしてたんだ」

「そうか、そうか、ん!?　お前、その服はどうしたんだ？　まさか洗濯物から盗ってきたのか？」

「失礼だな！　さすがに人様の物を盗ったりはしないよ。違うよ。これのことも含めて後ででもいいから話せないかな？」

「いいぞ。今からでもいいぞ」

あれ？　シオンは依頼を受けにここに来たのではなかったのか？　俺が頭に「？」を浮かべて考えていると、シオンはプッと笑い出した。

「本当にダンクの言う通り、お前は分かりやすいやつだな。俺はちょっとした野暮用と金の引き出しだ。表には理由があってあまり出入りしたくないから、裏で出し入れしてもらっているんだ」

なるほど、なるほど。

ん、てか、考えてることが顔に出ていたか？

まあ、いいや。ダンク姐さんとシオンに話したいことあるし、この人だかりがなくなったら、ダンク姐さんを俺が泊まってる宿屋に誘って話をするか。

「どうした？　行かないのか？」

「いや、この人だかりがなくならないと、ダンク姐さんも暇にならないだろ？」

「プッ、ダンクに姐さんって付けて呼んでるのか、お前？　ククク。今日はダンク、夜からだから、寮にいるんじゃないか？」

そうか！　ゲームじゃないんだから、一日中あそこにいるわけじゃないもんな。

「じゃあ、ダンク姐さんが起きてたら、誘って話をしたいんだけど、時間大丈夫か？」

「誰に言ってんだ。時間ならたっぷりあるぞ！」

「そんなに威張って言うことじゃないと思うが……」

　とりあえずシオンと一緒に、ダンク姐さんが住んでいるギルドの寮に向かった。

　ギルド職員は表も裏も寮に入ることが決まってる。

　それは、依頼主の依頼が職員の独断なんかで受付を通さずに流れるのを防ぐためだ。

　結婚して寮を出てもギルド職員でいられるが、色々と制約があるらしい。ただ、その中身は秘密だそうだ。

「寮まで遠いのか？」

「いや、近いぞ？　ギルドで何かあったときや、依頼のことで担当のやつに確認させたいときは、遠いと不便だからな」

　確かに、理にかなってるな。

　ギルドで緊急事態が発生したとき、寮が遠いと不便すぎる。

　そうして話しながら歩いていると、シオンはとある建物の前で足を止めた。

　止めたということは、この建物が寮かと思ってシオンを見ていると……

「ここだ。この寮は宿屋みたいに入ってすぐのところに受付カウンターがあるんだ。ダンクの部屋は俺が知ってるけど、勝手に入っちゃいかんからな」

「さすが、紳士だな。乙女の部屋にズカズカ入る真似をしないなんて」

「誰が乙女だ！　ちげえよ、受付を通さんと寮では職員に会えん決まりがあるんだ！」

「ハイハイ、そういうことにしとくよ」

「テメェぶっ殺すぞ！！！」

ニヤけながら返事をすると、シオンは切れてしまった。マ、マズイ、まだよくシオンのことを知らないのに、からかいすぎた。

「す、すまない、悪かったよ。シオンに殴られたら一発で死ぬ自信がある」

「いや、殴らねえよ。演技だ、演技！」

「ゴメンな。せっかく説明してくれていたのに茶化す真似して」

「いいよ。ちょっとカチンと来ただけで、なんとも思ってない。でもお前がすぐ謝らなかったら、殴ってたかもな」

シオンのあの太い腕で殴られることを想像すると、ゾッとした。

寮の扉を開けたら、シオンの言う通り受付が目の前にあり、男性が座って帳簿に何か書いていた。

「邪魔するぜ。ダンク、起きてるか？　起きてたら、ダンクの部屋で大事な話をしたいから、防音の魔道具を借りたい。もし怪しいと思うなら、集音の魔道具を別に設置してもいいぜ」

シオンが受付の男性にそう言うと、男性はシオンと顔見知りなのか、笑顔で対応した。

「いえ、シオン様ですから集音の魔道具は必要ないでしょう。ダンクさんですね。確認します……起きてますので、部屋に来客を通しますと連絡します。………はい、大丈夫そうです。どうぞお通りください。ダンクさんのお部屋は分かりますね？」

「当然だ」

「では、どうぞお通りください。って、ちょっと待ってください！　後ろの方はどなたですか？」

「俺のツレだ。ダンクとも顔見知りの仲だ」

「分かりました。お引き止めして申し訳ございません。今度こそどうぞ、お通りください。防音の魔道具は既に、ダンクさんのお部屋にありますのでお使いください。一応、お連れ様のお名前を伺ってもよろしいですか？」

「あ、ミーツです」

「はい、ミーツさんですね。どうぞ、シオンさんとご一緒に行ってください」

シオンの後ろについて歩くが、さっき受付に聞き慣れない物があったな。防音と集音の魔道具だ。防音はまだ分かるが、集音ってなんだろう。

「フッ、また分かりやすい顔をしてるな。防音の魔道具はそのままの意味で、部屋の外に音や声が漏れなくなる魔道具だ。で集音は、音や声を記録し、後で聞くことができる魔道具だ。防音も集音も起動範囲は五メートルだから、狭い部屋のみしか使えない」

ポーカーフェイスを身につけないといかんな。

「ありがとう、シオン」

つまり防音はそのままの意味で、集音はボイスレコーダーってことだな。

「着いたぞ」

受付から歩いてすぐ、ダンク姐さんの部屋は一階にあった。

コンコンとノックすると「は～い」と起きたばかりのような、間伸びした声が聞こえた。

「開いてるから入っていいわよ～」

扉を開けてシオンが先に入ると、ダンク姐さんは彼を見るなり、満面の笑みを浮かべた。

「ミーツちゃん！　早速シオンちゃんとのデートの約束守ってくれたの～」

「あ？　デート？　なんのことだ？　ミーツ、お前そんな約束を俺に黙ってダンクとしたのか？」

「えっと、ちょっと説明しにくいことなんだけど、ダンク姐さん。今回は違うんだよ」

「あらあら、違ったのね、いいわ。シオンちゃん、その話はまた今度にしましょ。それで今日はどうしたのかしら？　わざわざ寮まで来て話さないといけない大事な話かしら？」

「ミーツ、お前あとでしっかり説明しろよ。俺を使ってダンクと何の取り引きしたかをな」

「その話はまた別の機会にな！」

「話す前にダンク、防音の魔道具を起動してくれ」

「りょ〜か〜い」

ダンク姐さんが四角い機械みたいなものを起動させると、ブーンと一瞬音がして、外からの音も聞こえなくなった。でも、部屋での会話は普通にできるって、なかなかの性能じゃないか？

こんなのが現代の日本にあればなあって思っていると……

「何考えてるか知らんが、早く話せ！」

「そうねえ、ミーツちゃんにとって大事な話なら、あたしもキチンと聞くわよ」

そうして話しはじめることにした。

昨夜あった出来事を。

第九話

昨夜の貴族の屋敷での出来事を説明して、レインという他国の貴族に気に入られたって話あたりで、シオンがびっくりしていた。

今着ている服を報酬としてもらったことや、報酬金も多めにもらったことなどを話した後、本題である魔法やステータスの話を切り出した。

「ミーツちゃん本当に、ステータスの出し方知らないの？」

ダンク姐さんの問いかけに、素直に頷いた。

「じゃあ、俺が説明してやる。心の中で『ステータスオープン』って唱えるんだ。分かったか？」

「それだけなのか？」

「ああ、それだけだ。それで他人にも見せるようにするには、『ステータスオープン』を声に出して唱えればいい」

「ああ、分かった、やってみる」

「ステータスオープン」と心の中で唱えた。

《本名》真島光流
《異世界名》ミーツ
《年齢》40歳
レベル1
HP100／100　MP50／50
筋力45　体力12　敏捷度11　魔力1　運マイナス20
《固有スキル》

言語理解　文字変換
《スキル》
想像魔法　＊＊＊＊＊
《称号》
勇者召喚に巻き込まれた一般人　異世界人　＊＊＊＊＊

本当に出たよ。

スキルや、称号のところの「＊」は隠されているのか読めない。見るためには何か条件がいるのか？　でもって、やっぱりあったよ「異世界人」。こんなの人に見せられないよ。

それに、想像魔法ってなんだ？

創造じゃなくて？　想像？　想像した魔法を放てるのか？　意味分からん。

「出たようだな。どうする？　ここで出すか？」

「ああ、シオンやダンク姐(ねえ)さんには見て欲しい。でも、引かないでくれ。俺が言ったことが本当だという証拠だから。ステータスオープン」

どうだ？　反応がない。二人とも黙ったままだ。

「何か反応してくれないか？　どう思った？」

「お前本当に四十歳か？　四十歳のステータスじゃねえよ」

「どういうことだ？　強すぎってことか？」

「なんでだよ！　逆だ、弱すぎなんだよ！」

「そうねえ、確かにステータスの数値は低いけど、あたしはスキルと称号が気になるわ。本当に異世界人だったのね。それと、想像魔法って何かしら？」

「それは俺も思った。想像魔法？　どんなのだ？　伝説や物語に創造魔法なら出てくるが、想像魔法なんて聞いたことないぞ？　とりあえず何か使ってみろよ」

「いいけど、魔法ってどうやって使うんだ？　使い方なんて知らんよ」

「まあ、アレだ、イメージだ。スキルに火の魔法を持ってるやつがいるとするだろ？　そしたら最初に、見たことのある火をイメージするんだ。料理とか焚火で見る火をイメージすると、大体出る。でも、火魔法を持ってないやつが、どんなイメージをしても出せないようになってる。ただ、長い呪文を詠唱して唱えると、火魔法を持ってないやつでも使えるがな。そうやって何回も唱えていると、スキルに追加されたりする。とりあえず何かやってみろよ」

「じゃあ、ダンク姐さん、コップある？　あったら出してもらえる？」

ダンク姐さんに話しかけるが、返事がない。顎に指を当てて何か考えているようだ。

「おい、ダンク！」

「な、何かしら？」

「何かしらじゃねえよ！　こいつがコップあるかって聞いてんだよ！」

「あ、あるわよ。ちょ、ちょっと待っててね」

ダンク姐さんはシオンに怒鳴られ、ハッとして戸棚から木のコップを三個取り出し、テーブルの上に並べて置いた。

「で？　シオン、実際どうやって出せばいいんだ？」

「魔力を意識すれば、身体中に巡っているのが分かるはずだ」

「でも、そんな説明で分かるはずだと言われてもな。普通に分からないよ」

「ちっ、しょうがねえな。ちょっと手を出せ」

手を出すと、シオンに手を握られ、温かい《何か》が伝わってきた。

それが、俺の身体に浸透していって、なにやらポカポカと身体全体が温かくなってきた。

「身体全体が、温かくなってきてるだろ？　その原因が魔力だ。それを意識して出すんだ」

なんとなくだが、分かった気がした。

つまり、この温かいものが魔力で、身体に巡っている何かを出そうとすればいいのか。

身体に魔力を巡らせながら、テーブルの上に並べてあるコップの一つに、ミネラルウォーターがなみなみと入っているのを想像する。

すると、最初から入っていたかのように、本当に想像通り水が入っていた。

「使ってみたけど、なんか疲れた。この疲れが魔法を使うってことなのか？」

二人とも黙り込んでしまった。

どうしたのだろうか？

「ん？　どうした？　何か間違ってたか？」

「な、な、な、なんじゃそりゃーーーーー！　あ、ありえないぞ！　なんだ？　なんなんだ？　お前！　その魔法の出し方！」

「そうよ！　ミーツちゃん！　魔法使いのほとんどは、国が持っていっちゃってるけど、冒険者の中にも魔法を使う子たちはいるの！　その子たちの魔法でも、ミーツちゃんの魔法みたいな出し方をした子は見たことないわ」

ダンク姐さんは興奮したように、そう早口で説明してくれた。

「つまり、俺は普通じゃないってことか？　じゃあ、普通はどうやって出すんだ？」

「あ、ああ、そうだな。普通と違うぞ！　魔法とは普通、手を翳して出すのが主流だからだ」

「ん？　どういうこと？」

「だーー！　説明メンドクセー！　こうやって出すんだよ」

シオンが怒鳴りながら手を前に突き出すと、手から光線のようなものが出て、コップの一つに当たり、コップが粉々に壊れた。

「え？　シオンも使えたの、魔法？　魔力の流れを教えてくれたのはシオンだから、不思議ではないけど、使えたんだ」

　隣を見るとダンク姐さんも凄く驚いていた。

「シオンちゃん、光魔法使えたの？」

「しまったな。緊急時以外使わないと決めてたのにな。仕方ない、お前たちにも、俺の過去とステータスを見せてやる！　ただし他言無用だからな！　今、約束守る気がないと言うなら、話さないし、出ていってもらってもいい！　残ったやつに話すから。俺の許可なく他人にバラしたら、問答無用で殺す。話を聞いたやつも含めて殺す。これは冗談じゃなく本気だ」

　俺とダンク姐さんは残った、当たり前だ。

　これで出ていくやつは、最初からここにいない。俺はシオンとは知り合ってまだ日が浅いが、この世界に来て一番信頼してる人間だからだ。

　ダンク姐さんはシオンのことが好きだろうから、好きな人の秘密は当然守るだろう。

「じゃあ、このまま話すぞ。とりあえず、俺のステータスを見てくれ」

《名前》シオン・マクガリズム

《年齢》30歳
レベル50
HP3000／3000　MP4780／4800
筋力320　体力200　魔力385　敏捷度260　運200
《スキル》
光魔法：60　火魔法：58　水魔法：40　回復魔法：12　MP自然回復（大）
《称号》
元王国騎士団長　冒険者Aランク　大魔導師　賢者　弟に命を狙われている者

「見ての通り貴族だ。母親違いの弟がいる。名は『ケイン・マクガリズム』。この国の騎士団の副団長だ。今、その弟に命を狙われている。俺は妾(めかけ)の子で、ケインよりも早く産まれ、長男としてマクガリズム家の後継者として育てられた。でも、俺が十歳のとき、親父の正妻がケインを産んだんだ。でも、俺が跡継ぎなのは変わらなかった。なぜか？　それは俺の称号に大魔導師と賢者が顕現したからだ。普通魔導師と賢者というものは、一人にどちらか一つとされてきた。だが俺には大魔導師と賢者がある。これが後継者にする理由だと親父が言っていた。ケインも特に反発したりはしなかった。俺を後継者に立てて、自分は兄を支えると言っていた。普通に可愛(かわい)い弟だった。親父が死ぬまではな」

　唐突に始まったシオンの告白に、俺もダンク姐さんも言葉が出ない。

「親父が死んでしばらくして、ケインは怪しい商人に怪しい魔道具を買わされたと言っていた。その頃から徐々にケインの性格が変貌していった！　元々優しい弟だったのにな。性格が荒くなっていった。まるで違う人間がケインに入り込んだかのように。ケインは手始めに、俺の母親と自分の母親を、裏ギルドの人間に裏ギルドにも秘密で使って暗殺させた。次に当時の俺の婚約者を自分の物にするべく動いたあげく、自分の物にならなかった腹いせか、殺した。自分の手を汚すことなく、おそらくこれも暗殺したのだと思う。そのとき、俺は騎士団の遠征で国を離れていたから、どうすることもできなかった。でも、遠征から帰ってきてケインの動向を知ったとき、怒りには抗えずケインと戦い、殺す一歩前まできて……我に返った。俺には、あの可愛かったケインを殺せなかった。代わりに、何が理由でケインが変貌したか、俺は調査することにした。部下にも、ケインの様子を逐一伝えるように指示した。だが部下は変死したり、姿をくらましたりしだした。そのうちケインは、俺すらも裏ギルドを使って、何度も暗殺しようとしてきた。だが俺は、その度に返り討ちにしてきた。そして、屋敷や城にいても、ケインのことは分からないと感じた俺は、城下町に出てスラムに身を隠しながらやつの動向を探っているんだ。俺がこの国から出ないのは、ケインのことを探っているからだ。だが、いまだに手掛かりがない状態だ」

「なかなか壮絶な過去を持ってるな。てか、あのクソ王の騎士団長をしてたのか」

「ミーツ、お前の言いたいことは分かる。王は確かにクズだ！　魔族との戦争の折、奴隷を前面に出して盾がわりにし、その隙に敵を殺すといった作戦を立てて実行したときは、イカれてると本気で思った。だが騎士団長の立場では、命令に従うしかなかった。そのときは仕方ないと思ってたが、今思えば命令に従った俺もクズだな。王に逆らって止めていたらって思うと……」

あ、シオンが一人で考え込んじゃった。

仕方ないので、しばらくシオンのことはそっとしておくことにしよう。

第十話

しかし、シオンにそんな過去があったのか。

「シオンちゃん、あたしの胸で泣いてもいいのよ」

ダンク姐さんがいきなり凄い冗談をぶち込んできた。

「ちょっとダンク姐さん、ここでそんな冗談ぶっ込んじゃダメだ」

「えっ？　冗談じゃないけど？　さあ、おいで。シオンちゃん」

ダンク姐(ねえ)さんは両手を広げてシオンを招き入れる動作をしだした。

「冗談(じょうだん)じゃないって余計悪いよ。落ち込んでいるときに、そんな分厚い胸板に飛び込みたくないって、普通」

「あら、ミーツちゃん、あたしに喧嘩(けんか)売ってるのかしら？」

「えっ、いや、あのですね。そうじゃなくて、えーと」

「プッ、ククク、アーッハッハッハッ、お前ら、俺が真面目な話をしていたのに笑かすなよ」

なんか知らないが、急にシオンが笑い出して復活した。

「あたしの胸に飛び込まなくても元気になったわね。良かったわ」

「俺がお前の胸に飛び込むことがあれば、俺はよほど重症だと思うぜ」

「良かった。シオンが元気になって、しかも正気で」

「ミーツちゃん、後でギルドの地下で訓練しましょうね～」

「マズイ！　ダンク姐(ねえ)さんも怒らせた。ごめんなさい」

なんだか黒い笑顔になっているダンク姐(ねえ)さんに土下座をして謝った。

「別に怒ってないわよ。でも、本当に訓練が必要よ、ミーツちゃんはね。ついでにシオンちゃんもよ。先程のステータスだと、手練(てだれ)の暗殺者なら殺されちゃうわ」

「ダンク姐(ねえ)さん、悪気があって言ったわけじゃないからね」

そう言い訳をしながら、先程魔法で出した水を差し出した。

「あら、美味(おい)しいわね、このお水。シオンちゃんにも、飲ませてあげたいわ。もう一つ出してもらえる？」

「ああ、いいよ」

先程と同じように身体中に魔力を巡らせて想像した。すると、同じように残りのコップに水が入っている。あれ？　さっきより疲れてない。なんでだろうと不思議に思った。

「できたよ、ダンク姐(ねえ)さん」

「さあ、シオンちゃんも飲んでみて？」

「確かに、美味(うま)いな。俺の知ってる水魔法を使うやつのより断然こっちの方が美味(うま)い」

「でも、ミーツちゃんの魔力って、１よね？　魔力が上がったらどうなるのかしら？」

「確かにな。魔力１でこれだけの魔法ができるなら、鍛えて魔力が上がったらどうなるんだろうな」

「なあ、シオン、魔力って鍛えるとどうなるんだ？　上がれば上がるほどどうなるんだ？」

「魔力は威力の微調整ができるようになる。例えば小さな火しか扱えなかったやつが、魔力を鍛えることによって、一人の人間を丸呑(まるの)みできるくらいの炎を出すことができたりな。逆にそんな炎を、人差し指の先に灯すくらい小さな火に落とすこともできるようになる」

「そもそも魔力って、どうやって鍛えるんだ？」

「魔法を使えば使うだけ魔力が鍛えられる。他にはレベルを上げるとガッツリ上がるぞ。レベルを上げると、まずＭＰがガッツリ上がる。ＭＰが上がればそれだけたくさん魔法を放つことができる、結果魔力も上がるってことだ。レベルは魔物や人を殺さないと上がらないぞ」

なるほど、超有名な某ゲームみたいだ。

ん？　人？　今シオン、人って言ったか？

人も経験値になるのか？

「なあ、シオン。人も殺すと経験値になってレベルが上がるのか？」

「ああ、そうだ。人間は魔物なんかにはない様々な経験を多々積んでいる。戦ったことのないやつでも濃い人生歩んでたら、それだけ経験値がデカイ、むしろその辺の魔物を狩るより人間を狩った方が経験値になる。まあ、そこまでいけばただの外道だがな。俺がなぜそんなことを知ってるかと言えば、戦争を経験してるからだ。戦争に勝てれば、それだけ人を殺してレベルアップする。その分、死のリスクもあるがな。ただ、他の国では知らんが、普通戦争なんてそう易々ないけどな」

確かに、シオンの言う通りだ。

人は様々な人生を送っている。全く同じ人生を送ってる者はいない。似たような人生を送る者はいても、全く同じってのはいないないな。

なお、レベルの低い子供や若い人は経験値が少ないかと言われれば、答えはＹＥＳだ。やっぱり人は経験がものをいう。

「だから、お前が俺を殺せば一気に世界最強になれるんじゃねぇか？」

「恩人にそんなことするかよ！　なあ、シオン。シオンさえ良ければ一緒にレイン様の国に行かないか？」

「そもそも、お前がなんでレイン様のこと、知ってるんだよ」

「え、だからさっき話しただろ？」

「そうだが、レイン様は、レイン・ラインハットって、名乗ってなかったか？」

「シオン、レイン様のこと知ってるのか？　俺はレイン様って言っただけで、ラインハットとは言ってないよ」

「貴族でレイン様のことを知らないやつがいれば、そいつは貴族になりたてか貴族じゃないやつだ」

ん？　どういうことだろうか。レインってそんなに有名人だったのか？

「知らないようだから教えてやるが、レイン・ラインハット、本当の名前はレイン・キング・ラインハット。俺たちがいる国より大きい皇国の王子で、しかも第一継承者だ」

「あー、なるほど。そういうことか。だからあの貴族は俺の返答にハラハラして肝が冷えたとか言っていたのか。じゃあレイン様が命を落としていたらどうなっていたんだろうな。やっぱり戦争か？」

「そんなの戦争にもならんわ！　一方的に殺戮されて滅ぼされるだけだ」

「冒険者になったら行きますって社交辞令のつもりで言ったけど、そんな大国だったら行かないわけにはいかないよなあ。ハッキリ無理！　って断っとけばよかったな」

「この馬鹿野郎！　レイン様と知り合いになれること自体奇跡なのに、そんなことを言ったら、お前の首が飛んでたぞ、絶対」

「いやいやいや、それはないな。レイン様はそんなことをするような感じの人に見えなかったもん。あの従者ならありえるけど、そのときはレイン様がきっと助けてくれるよ。じゃあ、結局シオンは行かないのか？」

「いや、行きたいのは山々だが、俺にはケインの問題があるからな」

「一度この国を出て、外から見てみるのもアリだと俺は思うんだけど、手掛かりがないままズルズルとこの国にいるよりかはいいんじゃないか？」

「確かにそれもそうだな、行く前にお前を冒険者にしなきゃいけないけどな。ところで、お前はすぐ冒険者になるのか？」

「いや、すぐにはならない。もう少しここの裏ギルドで依頼を受けつつ、想像魔法の可能性を考えていくよ。裏ギルドの依頼も気になるのあるし」

実際のところ、よくある魔法より、想像魔法の方が相当使える気がする。考え方によっては最強な魔法になるのではないだろうか。

「ところでシオン、今日もあの寝ぐらで寝るのか？」

「実はな、あのときはまだお前のことを怪しんでいたんだ。だから冒険者で失敗したと嘘をついて、嘘の寝ぐらを教えていた」

そうか、シオンは弟に命を狙われてるって言ってたな。それで俺が城から追放されたばかりとか言うもんだから警戒してたのか。ん？　じゃあ、あの残飯食べたのはどっちだ？　ワザとか？　それとも本当に食事の場所として教えたのか？

「なあ、シオン？　最初にメシの場所を教えてくれたのはワザとか？　それとも本当に食事の場所として教えたのか？」

「ワザとだ。あんな残飯、俺が本気で食べていると思ったか？　でも、スラムの住人の中には実際に食べているやつがいるからいいじゃねえか」

マジか、今思えば仕方ないことだが、勇気を出してプライドも捨てて食べたのに、実際はシオンは食べてなかったたって酷いな。

「ワザとだったが、あのときはありがたかったろ？　残飯とはいえ、全くメシの場所も分からず、水が飲めるところも分からず、俺がいなかったら、お前死んでたんじゃねぇか？」

「確かにそうだ。シオンがいなかったら死んでいた可能性が高い。裏ギルドもシオンが紹介してくれたし、ダンク姐さんとの出会いもシオンだ。シオンがいなかったら貴族の依頼も受けられなかったに違いないし、レイン様とも出会えなかった。もうシオンに足を向けて寝れないな」

「その点で言えば、良かったよな。貴族の依頼受けたのがお前でな。お前じゃなかったら、今頃貴族連中は大荷物を持って国外に逃げていただろうな」

あ、そう言えば、レイン様にもらったレリーフをシオンに見せたらどういう反応をするんだろう。宿に置いてきてしまったけど、後で見せてみよう。

「ところで、シオンはどこに泊まってんだ？」

「俺か？　俺は大通りにある一晩メシ付きで鉄貨三枚と銅貨五枚のところに泊まってるぞ。ただ、普通はその代金だが、俺は以前あそこの子供を助けたことがあってな、それで好きなだけ泊まっていいって言われて、代金は銅貨五枚分だけ払ってる状態だ。俺が、お前も泊まらせてもらうように交渉してやろうか？」

「いや、いい。多分俺もそこに泊まってるから。といってもまだ泊まってないんだが、とりあえず三泊する予定で、代金だけ渡して、荷物を置いてコッチに来たからな」

「なんか、あたしずっと空気になってるわ。あたしの部屋なのに」

「「あ」」

俺たちが話していたのはダンク姐さんの部屋なのに、ダンク姐さんがいるのをすっかり忘れていた。

「悪い悪い、スマンな」

「ごめん、ダンク姐さん。まだ昼前だけど、ダンク姐さんに訓練に付き合ってもらおうかな〜」

「ふう、しょうがないな〜。ミーツちゃんのお願いだもんね、聞かなきゃいけないわね。シオンちゃんも付き合いなさいよね。あたしを空気扱いしたんだから。それに、シオンちゃんも身体なまってるでしょ？」

「ああ、それくらいだったら付き合うぜ。デートはごめんだがな」

しまった！　シオンにデートについての事情を話すのを忘れていた。ステータスと、俺の魔法と、シオンの過去と、依頼の話で、完全に忘れていた。

まあ、宿が一緒なんだ、後ででも言うか。

「ダンク姐さん、今から行くのかい？」

「そうねえ、行く前に着替えなきゃね。防音の魔道具も切らなきゃいけないし」

そういえば、入ったときから気になっていた。

ダンク姐さんの格好が、フリフリをふんだんに使った、ピンクのネグリジェだったからだ。色々なことがあって突っ込むタイミングを失っていた。

「じゃあ、俺たちは防音の魔道具を受付に渡して、先にギルド前に行っているから、ゆっくり準備していいからね」

「あら、ミーツちゃん、気がきくじゃない。乙女は時間かかるの、ちゃんと心得てるのね」

「誰が乙女じゃー！　ミーツもいい加減、こいつを乙女とか女扱いするな！」

「シオンちゃん？　あとで覚えておきなさいよ？　訓練が一番必要なのはシオンちゃんみたいだから。シオンちゃんが終わったら、次はミーツちゃんね」

「了解いたしました」

「いや、言葉の綾と――」

「言い訳は聞きません！　後でゆっくり訓練所でデートしましょうね」

ダンク姐さんがシオンの言い訳に言葉を被せて、問答無用で訓練デートをすることが決まった。

俺はシオンとダンク姐さんの言い争いに巻き込まれる前に、そそくさと防音の魔道具を持って部屋を出て、受付に挨拶をしたあと、先にギルドの方向に向かった。

第十一話

ギルド前で待っていると、シオンが怒ったような形相で、ダンッダンッとわざと大きな足音をさせて俺のところに近付いてきた。

「お前、なんで逃げるんだよ！　大変だったんだぞ。ダンクを鎮めるの」

「そんなの知らんよ。シオンがダンク姐さんを怒らせることを言うからだろ？」

「クッ、言い返せないのが悔しいぜ。お前に言い負かされるとは思わなかったぞ」

あ、ダンク姐さんにスマホを返してもらうのとお金を預けるの忘れていた。ま、いっか。もうすぐギルドに来るしと、シオンと雑談しながら考えごとをして待っていると、ダンク姐さんが来た。

「お待たせ～、どう？　今日のあたしは？　美しいでしょ？」

「さっき会ったばっかりだろ？　何言ってんだ？　頭わいてんのか？」

「シオン、お前もう少し乙女心を学べよ。ダンク姐さん、さっきぶりだけど、筋肉がキラキラ輝いてるね」

「そうでしょう！　さすがミーツちゃんねえ。シオンちゃんもミーツちゃんを見習ってちょうだい。

着替える前に少しパンプアップしたのよねえ。さあ、早速ギルドに入りましょうか」

本当に普段の服装と違っていた。普段のダンク姐さんは、ギルド職員の決まった服装なのか白の長袖シャツに黒のズボンなのだが、今日はピッチピチの半袖の白シャツに黒のハーフパンツ姿だった。筋肉もテッカテカに輝いている。

「でも、俺とかシオンのような服装のやつが入ったら、追い出されるんじゃないの？」

「あたしが一緒にいるから大丈夫よぅ。それに、ミーツちゃんのその服だったら、全然入っても問題ないわ。顔がバレてるシオンちゃんはちょっとダメだと思うけど、あたしが持ってきたマントで顔と身体を隠せば、シオンちゃんだって誰も思わないから、暗殺の依頼を受けた子がいても分からないと思うわ」

初めて表のギルドに入るから、年甲斐もなくちょっとドキドキした。

だが……いざ入ってみると、役所っぽくてガッカリ感が半端ない。

でも、入って右通路の奥に、飲食のできる酒場のようなところがあるみたいだ。

厳つい人や、細いけど鎧を着込んだ人や、ローブを着た魔法使い風の人など、様々な人がそっちに流れている。

ダンク姐さんの説明では、左通路の奥に地下におりる階段があるらしい。

ダンク姐さんについて地下までおり切ると、そこは普通の学校のグラウンドと変わらないくらいの広さがあった。

冒険者や冒険者見習いが剣の稽古や魔法の試し打ちなど、好きに使っていい場所らしく、俺たちが来たときもいくつかのグループが訓練をしていた。

先にダンク姐さんとシオンが、訓練という名のダンク姐さんによるシオンへのお仕置きを始めた。

俺はというと、少し暇だったので、先程二回使った魔法でＭＰがどのくらい減ったか、確認のためにＭＰだけステータスオープンしてみる。するとＭＰ50／50だったのが、50／70になっていた。

たった二回飲み水を出しただけなんだが、最大ＭＰが増えていて、しかも使った分のＭＰが回復している。最初にどのくらい消費したか分からないが、「?」が頭にいっぱい浮かんだ。

とりあえず訓練と確認のため、想像魔法でターボライターの火を想像し、人差し指の先に灯す。

想像が少し過激すぎたか、シュゴーッと改造ライターみたいな火が飛び出した。びっくりしたが、すぐ消してあたりを見回す。誰も見ていなかったようで安心した。

早速、今の魔法でどのくらい減ってどのくらいで回復するか見てみると、ＭＰ50／70がＭＰ30／75になっていた。んん？　ＭＰの最大値が、たったあれだけで5も上がってる。

ただ、さっきの水魔法で20も上がったから、今度はもう少し上がると思っていたので、そんなものかと少し落胆した。

試しにもう一度、ターボライターの火の魔法を使う。今度は微調整ができて理想通りの火が出た。

それでまたＭＰを見る。

ＭＰ25と少し減り、最大値も増えていた。最大値を含めて見ると、ＭＰ25／80になっている。

やはり5だけ上がっていた。

ＭＰの様子を見ながら、十分くらい経っただろうか？　ＭＰが回復し出した。1ずつだが、確実に回復している。もし俺がＭＰ回復の想像魔法を考えたらどうなるんだろう。

モノは試しだと言わんばかりにやってみる。

途端に身体が怠くなる。失敗したか。ＭＰか魔力が足りなかったかのいずれかだろう。そう思いながら現在のＭＰを見て気を失った。

ＭＰ0／100

■

ミーツが想像魔法による魔法を使って気を失っているとき、ダンクとシオンはチラチラとミーツを見ながら組み手をしていた。

「ハアハアハア、なあダンク、気が付いてるか？　あいつ、今魔法使ってるぜ。火の魔法だったと思うが、あいつの指先から勢いよく火が飛び出してたぜ」

「もちろんよ。ミーツちゃんのことも、ちゃんと見てるわよっと！　そこ！　脇が甘いわよ」

「ぐあっ！　くそっ、あーもう！　俺は降参だ」

「ふっふーん♪　これで懲りたら、もう少し乙女心を学んでちょうだいね」

「クッソー！　あ！　おい、ダンク、マズイぞ。あいつ魔力切れを起こしてるぞ」

「え？　嘘？」

「行くぞ。ダンク」

二人は倒れているミーツのそばに行き、様子を確認した。

「良かった。寝てるだけみたいね」

「ああ、どのくらいのをイメージして使ったかにもよるが、寝てるだけなら問題ない。下手したら死ぬからな。これだから異世界人は常識がなくて困るぜ」

「シオンちゃん、それは言っちゃだめよ。ミーツちゃんはこちらの常識を何も教えてもらえないまま、お城を追い出されたらしいんだから」

「そうか、そうだったな。悪かった」

「魔法が使えるシオンちゃんから見て、ミーツちゃんはどのくらいで起きると思う？」

「なんとも言えんが、起きるのなら、おそらくそんなに時間もかからないと思う。ただ実際のところは、待ってみないと分からんな」

「そうね。ただ待ってるだけじゃつまらないから、また訓練しない？」

「魔法使っていいならやるぜ」

「ブウ、魔法を使われたらあたしが手を出せないじゃない。シオンちゃんの意地悪！　じゃあ、あたしも手加減なしの本気で行くから魔法使っていいわよ」

「相変わらずキモイな。多分普通の女なら可愛（かわい）いと思えるはずなんだが。お前が本気？　俺、今日無事に宿に帰れるんだろうか」

■

なにやら頭がぼーっとしている。頭がフワフワしていて気持ちがいい。やっぱり魔法を使いすぎたら気絶するのか。

そのあたりもテンプレってやつだな。次から気をつけないと。

だんだん覚醒してきたので、瞼（まぶた）をうっすらと開けてＭＰを見てみると、５／１００になっていた。

やっぱりＭＰの上がり方が異常だ。

俺が特殊なのか、それともこのくらい上がるのが普通なのか全く分からない。

まだ身体は横になったままだったが、顔を横に向けると、相変わらず二人は言い争いをしていて、シオンが叩こうとするダンク姐さんから逃げている。

「お、起きたみたいだな」

「あ、ミーツちゃん！　無理しちゃダメよ！　魔力切れは死にも関わるんだから」

え？　今、ダンク姐さんはなんて言った？　聞き間違いでなければ、魔力切れは死ぬと言ったか？

気絶したり昏睡状態になるんじゃなくて？

え？　え？　どういうことだろうか。

「その様子だと、やっぱり知らなかったみたいだな。いいか？　ＭＰが残り20あるとするだろ？　そこでＭＰ１００くらいの魔法を使うと、どうなると思う？」

「普通にＭＰだけ消費して、失敗して気絶、もしくは軽い昏睡状態になるんじゃないのか？」

「違う。ＭＰの残量に見合わないほどＭＰを使う魔法を使おうとすると死ぬ。運よくすぐに死ななくとも、半年以上の深い眠りに落ちて、そしてゆっくりと朽ちていく例もある。だから、ＭＰの残量と使う魔法のＭＰの消費量は常に気をつけないといけないんだ。分かったか、バーカ！　心配かけさせんじゃねえぞ。それと、深い眠りについたら、起きるやつは滅多にいねえからな！　ダンクも心配していたぞ。ちなみに倒れる前にどんな魔法を使おうとした？　ＭＰ残量はどのくらいだった？」

「ああ、ダンク姐さんもシオンも心配してくれてありがとな。どんな魔法を使おうとしたか、言わなきゃダメか？」

「当たり前だ！　魔法によってはアドバイスができるからな。多分お前のことだ、常識がない魔法を使おうとしたんだろうがな」

「常識がない魔法かどうかは分からんけど、ＭＰを回復するという想像魔法を使おうとした」

「は～、やっぱり常識がないって怖いな。ＭＰを回復する魔法なんて存在せん。そんなのがあったら、魔法が使い放題じゃねえか」

　でもゲームだと、なんかあった。全快じゃなくても少しずつ回復するやつ。

　まあ、今回俺が想像したのは全快で、少しずつ回復とかではなかったから、こんな結果になってしまったのだろう。

「ＭＰを使いすぎたやつは、ＭＰの最大値が減ることもあるくらい危険なんだ」

「え？　ＭＰの最大値が減る？　俺の場合は逆なんだけど、今の俺のＭＰは15／１００なんだけど」

「はあ？　なんでＭＰの最大値がこんなに増えてんだ？　さっきダンクの部屋で見たときは50／50だったろうがよ」

「いや、俺に聞かれても分からない。でも、ギルドの寮を出てこの訓練場に来たときにＭＰを見たら、50／70だった」

「……ありえない、ありえない、アリエナイ。どうなってやがる！　お前の魔法とMPは」

「やっぱり普通じゃないのか。でもどうなっているかなんて、俺が聞きたいくらいだよ。だから色々試していたら倒れたんだ」

「とりあえず、MPは分かった。他のステータスの数値はどうなってる？　ステータスを出す度に見えてるだろ？」

「ステータスって、出したい項目だけ出せるんじゃないのか？　俺は意識してやったら出せるんだが、ちなみに、今は魔法しか使ってないから、MPと魔力しか上がってないな」

「……聞いたことないな。ステータスで特定の箇所だけ出すとか。ちょっと試してみるか。……おいおい、普通にできたわ。お前といると、俺の常識がどんどん崩れていくな。で、どうなんだ、魔力は？」

「俺の魔力は10だ」

「やっぱり、お前は異常だ。そんな半日もしないうちに普通9もアップするかよ。レベルも上がってないのに」

「ちょっと！　シオンちゃん、他の冒険者の子たちが見てるから声を落として。シオンちゃん、ミーツちゃん、とりあえず個室の休憩所に入りましょうよ」

この地下に休憩所らしき場所は、ベンチが直接、壁に掘られているだけで、他に見当たらない。個室の休憩所などどこにあるのだろうと思っていると、ダンク姐さんは何もない壁の方に歩いていった。俺とシオンが後ろから黙ってついていくと、ダンク姐さんは壁の出っ張りがあるところを押した。

すると、壁が横にスライドして動き、ゆうに大人十人は座れるくらい広い部屋が目の前に現れる。先にダンク姐さんが入るのを確認後、シオン、俺と続いて入ると、壁は閉まった。

長椅子と長テーブルがあるだけの部屋になっており、部屋に入る前は真っ暗だったのだが、壁が閉じると動いた壁が光っているのか、部屋全体が明るくなった。

「で？　今ＭＰはどのくらい回復した？　お前の回復スピードも異常だからな」

「えーと、30／１００だな」

「ありえない、ありえないと思っていたが、想像以上にありえないな。物語や伝説の勇者でも、こんな最初から異常じゃなかったはずだ」

シオンが椅子に座るなり現状のＭＰを聞いてきたから、見たままのことを言うと、彼は立ち上がって壁際に向かってブツブツと呟き出した。

できるかどうか分からないけど、そんなシオンを少しびっくりさせてみようと思い、想像魔法を彼に対して試すことにした。

「……ゴポ！　げは、ゴホゴホ！　今度は何しやがった！」

「いや、シオンの口の中にさっき出した水を出現させられないかなーって想像してたらできちゃった。びっくりしたか？」

「お前なあ！　俺がお前のことを考えてるときに、また常識ないことしやがって！　ふざけんじゃねえーー!!　びっくりしたかだって？　当たり前だ！　お前のために考えごとをしてるときに陸で溺れるとか冗談じゃねえぞ」

そうか、独り言を呟いていたのは、俺のことを考えてくれていたのか。それは悪いことをしたな。

「ミーツちゃん、これって魔物に使ったら遠くからでも溺れさせることできるんじゃないかしら？　暗殺とかでも使えるわね」

「いやいや、そんな恐ろしいことに使おうとは思わないよ。魔物相手は試してみないと分からないけど、暗殺はないな」

「お前が残虐で非道な腐れ外道じゃなくて、ホッとしてるぜ。で？　冒険者にならないならどうするんだ？」

「まだ裏の仕事で試したいことがあるんだ。この魔法の可能性も考えてのことだけど」

「だけどミーツちゃん、冒険者になっても裏の仕事は受けられるわよ？　ただ表の子たちはやりたがらないってだけで」

「あ、そっか、そういえば最初にそう言ってたな。じゃあ、なろっかな、冒険者」

「そう、なるのね。じゃあ、あたしがミーツちゃんの登録を担当してあげるから、先に上にあがって準備してるわね」

はやっ、ダンク姐さんは俺が冒険者になると言った途端、凄いスピードで休憩室から出ていった。そんなに俺が冒険者になるのを心待ちにしていたのか？　まだ知り合って数日しか経ってないのに。

ふと、この世界の時間感覚ってどうなってんだろうかと考えた。スマホで時間を見ていたときは、大体元の世界と同じくらいだったけど、季節によっても違うんだろうか。

「なあ、シオン」

「あ？　なんだ？」

「この世界の時間感覚ってどうなってるんだ？　俺がいた世界では、一日は二十四時間、一年で三百六十五日だったんだが、知ってたら教えてくれないか？」

「そりゃあ、知ってるさ。一日二十四時間ってのはこっちでも、多分一緒だ。ちょっとの誤差はあると思うがな。ただ、一年は三百六十日と言われてる。俺が調べたわけじゃないから、本当かどうかは分からんぞ？　そう本に書いてあったからな」

「カレンダーとかはないのか？」

「ああ、あれか。商人とか一部の貴族は持ってるけど、俺は持ってなかったな。そもそも必要なかったからな」

なるほど、確かに文明が発達してないこちらの世界では、正確な年間の月日が分かるわけがない。

年間三百六十日ってことは、一ヶ月三十日計算で十二ヶ月だろうが、計算が苦手な俺にとっては計算機がないと、やっぱりつらい。これを機に暗算ができるようになるまで努力するか？　若いときにこっちに来れたら良かったんだが、年取ってからだと色々きつい。

「なあ、シオン、こっちも一年で十二ヶ月でいいのか？」

「ああ、そうだぞ」

「ありがとう、それなら計算も楽だな。ひと月が常に三十日なら、お金の使い道や計算も簡単そうだ」

「そろそろ行かないか？　上でダンクが待ち焦がれてると思うぜ？」

「もう準備できてるのか？　準備ができたら呼びに来るとか、そういうシステムじゃないのか？」

「なんだよ。そのシステムって二度手間じゃねえかよ。いいからさっさと行くぞ」

怒鳴るシオンと一緒に休憩所を出て、地下から上にあがった。

第十二話

俺とシオンはギルドの一階に戻ってきたが、シオンはそこで止まらずそのまま二階に上がった。

「なあシオン、一階の受付で登録するんじゃないのか？」

「冒険者登録は二階だ。一階は依頼を受けたり報酬をもらったりする場所だ。冒険者登録は時間かかるからな。混んでる時間帯に一階を使われたら迷惑で仕方ない」

なるほど、理にかなっている。確かにそっちの方が効率がいい。意外と考えられているんだな。

上にあがってみると、十歳くらいの子供たちがワイワイ楽しそうに受付していた。

「なあ、シオン、あれは子供か？　それとも、ああいった種族か？」

「あれは子供だな、孤児や街の子供たちだ。子供はたくさんいるからな。孤児じゃなくとも普通に登録に来る。ギルドがない村の子供たちも、この王都に登録しに来るからな。二階は子供たち向けの依頼の受付場所でもあるんだ。一階だと、大人に暴行を受けたり、小さいから踏まれたりするんでな。お前がさっき言った小さい種族は、一階か二階を選べるが、ガキどもはよほど腕に自信がない限り、二階で受付しなければならない決まりになってる。これについては、また登録のときにでも担当のダンクから説明があるだろうから、あまり言わんがな。なにぶん、お前は常識がないからな」

二階の待合所で椅子に座ってシオンと話していたら、上の方からダンク姐さんの声が聞こえてきた。

「なんでよ〜、いいじゃない。今日くらいあたしに登録の受付させてくれても！　どうしてもあたしが担当したい人がいるのよ〜。たった一人の人しか担当しないから〜、ねえ、お願いったらお願いよ〜」

かなり大きな声量で聞こえる内容からするに、ダンク姐さんは俺のことを上司に頼み込むも、上司がＯＫを出さないのだろう。

横にいるシオンが震えている。いや、よく見ると、噴き出さないように口に手を当てて笑いをこらえているだけだった。

「ミーツ、良かったじゃねえか。普通、登録の受付は綺麗な姉ちゃんが担当してくれるが、お前はダンクがしてくれるってよ。それを今、ギルドマスターにお願いしてるところだな。ところが、なかなかそのギルマスのアイツがいいと言わないんだろう。ククク」

別に俺は誰が担当してくれてもいいが、せめて最初だけは女性がいいなと思ったところで気付く……俺の運はマイナス20……期待しない方がいいかもしれない。

今度、想像魔法でパラメーターを弄れるか試してみよう。運がマイナス20とか酷すぎる。ただこれは今に始まったことじゃない。昔、俺が携帯ゲームを始めた次の日に、今日から始めればSSRがもらえるキャンペーンが開始されたり、鳥の糞が肩によく落ちてきたり……車が爆弾投下のごとく鳥の糞まみれになったことも多々ある。しかも、洗車して綺麗に拭きあげた直後にだ。

うん、納得のいく数値だ。

とりあえず待合所でシオンと待っているのだが、暇だったため、MPの状態を見てみると、ほとんど回復していた。そこで、遊び程度に少し使ってみようと思った。

右の指先五本全部にライターの火を想像しながら火を灯すと、綺麗にできた。MPもほとんど減ってない。

次に、目の前の空気を圧縮させ、空中にコップがあるとイメージしながら水を出現させてそのコップの中に入れる。コップ自体はないのに、宙に水がフヨフヨと浮いた。原理は分からないが、圧縮された空気に水が入っているのだろう。

なんとかできたが、MPはガッツリ減っている。ただ、まだちょっと余裕がある。

でも、もうやめておこう。隣りでシオンが怒りに満ちた表情で震え出したからだ。

圧縮した空気を霧散させようと想像したら、ロビー全体にフワッとした風が広がった。水は宙に浮いてる状態だから、その水を口に含んで飲んだ。

飲み終わってからシオンを見ると、拳骨が頭に落ちてきた。頭がグワングワンする。比喩じゃなく本当に星がチカチカと点滅していた。さすがにロビーで大声は出さないが、シオンが俺に向かって口パクで何かを言っている。

「あ・と・で・お・ぼ・え・て・ろ」

うん、終わったら全力で逃げよう。

シオンの拳骨で、ＨＰが10／１００になっていたからだ。さすがに死んでしまう。

フロア全体を見渡すと、受付している人から並んで待っている人まで、みんなから見られている気がした。

今のシオンの拳骨を見たからなのか、俺の空気の霧散に気付いたからなのか分からんが、気まずい雰囲気だ。そこで、シオンに外の空気を吸ってくると言って立ち去ろうとしたら、彼にガッシリと腕を掴まれてしまった。

そのままシオンは、ダンク姐さんがいるであろう上の階に、俺を半分引きずる形で連行した。

上の階にあがると扉は一つしかなく、その扉をシオンがノックとはいえないレベルで乱暴に叩いた。

「グレン！　俺だ、シオンだ！　そこにいるダンクも含めて話がある。入るぞ」

シオンは返事を待たずに、扉を勝手に開けて部屋にドカドカと入った。

俺はシオンに腕を掴まれている身だから、一緒に部屋に連れ込まれてしまった。

「あら？　どうしたの？　シオンちゃんとミーツちゃん」

「こいつがまた常識ないことやらかして、周囲の目があったから、こっちに連れてきた。それに、俺も命を狙われている身だ。目立ちたくなかったからな」

「え、今度は何したの？　ミーツちゃん」

「ほお、コイツがダンクの言っていた、登録の受付をしたいってやつか？」

おお、この人がギルドマスターか。冒険者登録もまだしてないのに、もうギルマスと対面しちゃったよ。ギルマスってだけあって、やっぱり身体が凄(すご)いな。

ダンク姐(ねえ)さんと同じくらいの体格で同じくらいのムキムキマッチョだ！　てか、この世界はマッチョ率高いな。あれ？　よく見ると誰かに似てるような……

「そうよ、お兄ちゃん！」

「お兄ちゃん？　そうか！　誰かに似てると思ったら、ダンク姐(ねえ)さんだ」

「ミーツちゃん、正確に言ったらママ似だけどね」

「こいつ今、お前のことを姐(ねえ)さんって言ったぞ？　正気か？　多分、コイツの方が年上だろ？」

「そうよ、お兄ちゃん。でもミーツちゃんにはそういうことは関係ないんだから！　でも、一番好きなのはシオンちゃんだけどね」

「カンベンしてくれ。グレン、ダンクをどうにかしてくれ」

「ミーツとやら、さっきシオンが言ってたことをここでもできるか？　それとシオン、それは俺でも無理だ」

「できますが、今はＭＰが結構足りないんで、時間が経たないと無理です」

「そうか、それならコレを使うといい」

ギルドマスターが机の引き出しから小さな小瓶を取り出して、こちらに放り投げた。

大きさは、ちょっと高めの栄養ドリンクと変わらないくらいで、陶器でできている。中身がなんなのかは分からない。受け取ったものの、首を傾げていると、シオンがコレについて説明してくれた。

「それはＭＰ回復薬だ。即効性があるやつで、結構な値段だぞ。多分お前の持ち金じゃ買えない値段だ」

え？　そんな高価な物使えって言うの？　時間が経てばまたできるのに。俺はおずおずと、ギルマスの机の上に小瓶を戻そうとした。

「使え！　まだ余分にあるんだ。シオンも余計なことを言うな」

「はい！　使わせていただきます」

一気にゴクゴクと飲み干したが、少しばかり苦く、味も最低だ。濃い抹茶の苦味に似ていて、常温で放置した牛乳を悪くしたような味がした。

だがＭＰを確認すると、１２０／１２０になっている。

凄いな。さっきまで15／１２０くらいだったのに。

「では使ってもらうぞ。先程シオンが怒るほどの魔法をな」

先程と同じのを出しても面白くないと考え、今度はギルマスの分とダンク姐さんの分の二つを作ってみようと試みた。

うん、やっぱり最初の想像より簡単にできたけど、一つ目を維持しつつ二つ目を想像するのが、少し手間取った。

ギルマスとダンク姐さんは、俺の出した魔法をただ黙って凝視している。

「な？　ありえないだろ？」

ん？　どうしたんだろうか。ダンク姐さんは俺の魔法を知ってるはずなのに、ギルマスと同じように固まって動かない。

「おーい？」

固まっている二人の目の前で手をヒラヒラと左右に振ると、二人はハッとした表情をする。

「ミーツちゃん？　これをさっき下で出したの？　ん、もう！　ミーツちゃんは常識がないんだから。魔法を出す前にシオンちゃんに言わなきゃダメじゃない」

「確かに、ダンクの言う通りだな。これはなんとなんの複合魔法だ？」

「複合魔法ってなんですか？」

「は〜、分かったもういい！　これを解きなさい」

「いいですけど、軽い風が吹きますから準備してくださいね」

ギルマスの返事を聞く前に魔法を解くと、強い風が部屋中に吹き荒れた。

二つ同時に解いたからか、部屋が待合所ほど広くないからか、ギルマスの机の上に置いてあった書類などが部屋中に散らばってしまった。俺は宙に浮いている水にゴミが入らないかとハラハラして見守っていた。

横にいるであろう、シオンをおそるおそる見ると、疲れたような、呆（あき）れた表情でこちらを見ていた。

ダンク姐（ねえ）さんも驚いた表情で、俺を凝視（ぎょうし）している。

ギルマスもってあれ？　ギルマスがいない？

キョロキョロと探せば、ギルマスがさっきまで立っていたであろう、背後の窓から出てきた。飛ばされたのだろうか？

いや、人が飛ぶほど吹き荒れてはいなかったはずだ。

では驚いて窓から出たのか？

ギルマスは黙って少し俯いている様子だ。

「あ、その宙に浮いてる水は安全ですから、早めに飲んでください」

「あ、ああ」

ギルマスは返事をしたものの戸惑っているようで、恐々と水に口をつけて飲んだ。

「どう？　お兄ちゃん？　美味しい水でしょ？　ミーツちゃんが魔法で出したのよ」

「魔法で出したのはたった今見たから分かるが、確かに美味い。それとなダンク、ギルドではギルドマスターって呼べと何度も言ってるだろう」

「気になってたけど、やっぱりそうなんだ。ダンク姐さん、ずっとお兄ちゃんって呼んでたから、ギルドマスターがそう呼ばせてるんだと思ってた」

「俺の名はグレンだ。ダンクには立場上、ギルマスと呼べと言ってるだけだ」

まあ、ギルドマスターがギルドでお兄ちゃんって呼ばれると、立場上締まらないのは分かる。

「ダンクはこう見えて、副ギルドマスターだぞ。裏ギルドの運営を任せてるし、ギルド内の雑務も任せたりしているんだ」

「え？　ダンク姐さんが副ギルドマスター？　裏の運営？　じゃあ、シオンに対する暗殺の依頼とかも知ってて黙ってたってこと？」

「ミーツちゃん、誤解しないで！　シオンちゃんのは知らなかったのよ。あたしがあそこを長い時間離れるときや、休みのときは違う子が入るから、その子たちの誰かが受けたんだと思うわ。それか、シオンちゃんの弟ちゃんが個人的に知ってる子に依頼したかよ。依頼を受けるのはギルドに併設してる違う建物だし、裏ギルドで依頼したとしても、あたしのいないときに暗殺専門の子たちに裏ギルドの職員が依頼したんだわ」

「例えば、キックがダンク姐さんのいないときに回ってきた依頼を、暗殺を専門にしてるやつに受けさせたとか、そういうこと？」

「そうよ！　キックちゃんかどうかは分からないけど、知ってたら依頼自体消しちゃうわよ。暗殺依頼自体、依頼さえすれば誰でも暗殺できるわけじゃないのよ。ちゃんと暗殺するべき人かどうかを調べるんだから。暗殺を専門にしてる子たちは自分でも一度調べて、それをギルドに報告する義務があるくらい、暗殺は特殊な依頼なんだからね」

確かに、簡単に暗殺を依頼して実行されれば、おちおち外も出歩けない。キックはムカツクやつだが、シオンのことを尊敬している感じだったから、あいつは違うかもしれない。

「まあ、そのあたりは一度職員を調べないといけないな。間違って、良い人を暗殺するとか冗談じゃない。まだシオンが強かったから良かったが……。おそらく依頼主は貴族の可能性もあるな。貴族は独自で暗殺者とのパイプを持ってるところが多いからな」

さすがギルマス、俺とダンク姐さんはシオンの過去について知ってるが、ギルマスは憶測で的確に当てている。

「で、お兄ちゃん、どうするの？　ミーツちゃんのこと、あたしに任せてくれる？」

「いや、ダメだ。確かに魔法は異常だが、ステータスは普通じゃないのか？　まさか、ステータスも異常ではあるまいな？」

「異常どころか！　弱いのよ！　なんか呪いでも受けたんじゃないの？　って思うくらいのステータスなのよ。本当に四十歳？　って思いたくなるくらいに弱いの！　でも言われてみれば、確かに異常ね。年とステータスが合ってないもの」

酷い、そんなに何度も弱いって連呼しなくても。分かってはいるけど、そこまで言われ続けると、顔を下に向けて落ち込んでしまう。

「おいダンク、ミーツとやらが落ち込んでいるぞ。お前が弱いを連呼したもんだからな」

「ああ！　ご、ごめんなさい。でも、ミーツちゃんでも鍛えたらきっと強くなれると思うわ。そうだ！　お兄ちゃんに、ミーツちゃんのステータスを見せたらいいんじゃないかしら？」

「バカ、ステータスをそう気安く見せられるか！　俺たちに見せるときでさえ躊躇(ちゅうちょ)したのに。それに、他人に見せられない項目があっただろうが」

良かった。シオンが庇(かば)ってくれている。

いくらダンク姐(ねえ)さんのお兄さんでギルマスとはいえ、初対面の人にステータスを見せるとか嫌だったからな。

「大丈夫よ、お兄ちゃんは鑑定スキル持ってるから、もうミーツちゃんの称号についても知ってると思うわ」

鑑定スキルとかもあるんだ。どうやって習得すればいいか考えなければいけない。想像魔法で鑑定できればいいのだが……

「俺の鑑定スキルのレベルは低いもんでな。俺が見られる項目はこれだけだ」

《名前》ミーツ
《年齢》40歳
レベル1
HP20／110　MP100／130
《スキル》
＊＊＊＊＊
《称号》
＊＊＊＊＊

何もない空間に突然俺のステータスの項目が出てきたけど、一部の数値しか出てない。

「お兄ちゃん、意外と見れてないのね」

「だな！　重要な部分が隠れてるな」

「なんでＨＰがあんなに減ってるのかしら？　ほとんど瀕死じゃない」

「さっき、下で使った魔法のせいでシオンに拳骨を食らった。食らった直後は10／１００だった」

「シオンちゃん！　ミーツちゃんは弱いんだから、強い一撃を入れちゃ死んじゃうでしょ」

「俺もまさか、こんなにＨＰが減ってると思わなかったんだよ。これでもかなり手加減したんだぞ」

「手加減しても死んじゃったら意味ないでしょ」

二人はぎゃあぎゃあと俺のことで言い争いを始めた。

「こいつらは放っておいていいとして。ミーツ、俺にも君のステータスを見せてくれないか？　見ることによって、君を助けることができるかもしれない」

正直嫌だったが、ギルマスという立場だし、ダンク姐さんの兄だし、秘密は守ってくれるだろうと考えて、ステータスを見せることに決めた。

「分かりました。でも他言無用でお願いします。まだシオンとダンク姐さんにしか見せてないですから」

「当然だ！　俺を誰だと思ってんだ。数多くの冒険者たちの秘密を持っているんだぞ」

やっぱり当然だと言ってくれる。

ま、当たり前だと思いつつ、とりあえず「ステータスオープン」と声を出した。

《本名》真島光流
《異世界名》ミーツ
《年齢》40歳
レベル1
HP20／110　MP110／130
筋力45　体力12　魔力11　敏捷度11　運マイナス20
《固有スキル》
文字変換　言語理解
《スキル》
想像魔法　＊＊＊＊＊
《称号》
異世界人　勇者召喚に巻き込まれた一般人　常識ない者　＊＊＊＊＊

第十三話

ステータスを目の前に出した途端、ギルマスのグレンは少し険しい顔になった。

「分かった。確かに人にはあまり見せられない内容だな。内容によっては偽装スキル持ちにステータスの偽装をさせることも考えたが、そんな面倒なことはせずに魔道具をつければよかろう」

「どんな魔道具ですか？」

グレンの「魔道具」という言葉に反応して、顔がニヤけてしまった。

「小僧みたいに嬉しそうに目をキラキラとさせて、そんなに気になるか？　ステータスをごまかすことのできる魔道具だ。項目は少ないが、任意のステータスを隠せる上、鑑定スキル持ちもごまかすことができる。ただし、上位の鑑定スキル持ちには効果がないから、くれぐれも偽装魔道具の力を過信しないようにな」

ほお、そんな魔道具があるのか。正直面白いと思ったが、どれほどの金がかかるのだろうか。

持ち金で買える物だったら買おうと思った。

「それってどのくらいのお金が必要なんですか？」

「買い取るつもりか？　今の君ではおそらく無理だろう。回復薬も買えないのでは話にならん」

やっぱり無理かと、ガックリとうな垂れた。

「でも、タダではないが譲ってもいいと思っている。ミーツ、君はシオンといずれ、レイン様のところに行くそうだな？」

「ダンク姐さんから聞いたんですね。まだ先ですけど行きますよ」

「それならダンクも連れていってくれないか？　ダンクを連れていくっていう条件なら、偽装の魔道具を無料でくれてやる」

「なんでですか？　副ギルマスなんですよね？　しかも裏の総括とギルドの雑務の」

「まだいつになるかは未確定だが、この国は近々また戦争になるかもしれないんだ。そこに冒険者も駆り出される可能性が高い。ギルマスの俺でも徴兵で行かなければいけなくなるかもしれない。そもそも、俺もダンクもこの国出身だから、ギルドとか関係なく出なければいけなくなるだろう。だが、ダンクは少しばかりわけありでな、戦争に出させたくないのだよ。副ギルマスの地位は、ダンクの代わりにキックを据えてやろうと思っている。あいつは、性格は少し曲がっているが、仕事はちゃんと丁寧にやるからな。決して弱くもないから、ちょうどいいと思っている。もちろんミーツ、君が国を出るタイミングでいい。今日明日の話ではないのだろう？」

「はい、まだこの国の依頼でやりたいことがあるんで、最低でもそれをやり切るまでは行かないですね。魔道具は前報酬ということになるんですか？」

「そのつもりだ。ダンクとシオンは何やらくだらん言い合いをしているから、今のこの話は聞いてないだろう。今は聞かなくていいと思っている。近いうちに、俺からダンクに直接言うつもりだ」

さすが、ダンク姐さんの兄貴でギルマスだ。

不謹慎だが格好いいセリフを言う。こんな格好のいいセリフを、俺もいつか言ってみたいものだと感動した。

「偽装の魔道具は登録後に渡す。登録時、冒険者の証はギルドカードか首飾りのどちらかを選べるが、君は首飾りを選べ」

最初から首飾りを選ぶ予定だったが、何かわけがあるのだろう。

「はい、分かりました。じゃあ二階に移動して、受付の順番待ちをします」

「いや、その必要はない。二階の受付以外にいる職員にこれを渡すといい。そうしたら、面倒な順番待ちなんてしなくてよくなる」

グレンは机の引き出しから金色のカードを取り出して、手渡してきた。何かの許可証か？　それと、シオンたちのことは放っておいていいかなと思ったが、うん、面倒だし、いいだろう。後で何か言われたら謝ろう。

俺は二階に戻り、歩いていたギルドの職員らしき若い女性にさっきのカードを渡した。少し驚いた表情をされたが、特別な許可証だったのだろう。

「私についてきてください」

カードを渡した女性が担当してくれるみたいだ。女性は受付には向かわずに、二階のとある扉を開けて待ってくれている。

女性に会釈しながら部屋に入ると、広さは二十畳ほどで、黒板と長机と椅子が二脚、机に挟んで置いてあった。

「あの、普通の受付で登録しないんですか？　先程の金色のカードって、なんだったんですか？」

「あれはギルドマスターしか出すことができない、特別な方やステータスを絶対に誰にも見られてはいけない方への特別許可証です。冒険者登録でよろしいのですよね？」

「なるほど、分かりました。ありがとうございます。はい、登録でお願いします」

女性は笑顔で頷いて俺に椅子に座るよう促して、女性自身は黒板の方へ向かい、チョークを手に取った。

「では、冒険者登録に必要な説明をさせていただきますね。私はモアと言います。よろしくお願いします。まず冒険者のランクから説明させていただきます。冒険者のランクは下からG、F、E、D、C、B、A、AA、AAA、S、SS、SSSの十二段階あります。さらにこの上のランクもありますが、それはギルド本部の偉い方が都度決めるそうです。ランクを上げるのは基本、魔物退治か悪人討伐か、ギルドが指定した依頼達成しかありません。Ｇの方がいたとして、例えば、薬草採取がいかに優れていても、魔物を退治しなければ、ずっとＧのままです。とはいえ、ずっとゴブリンを狩っていても、上がれるのはせいぜいＦかＥまでです。ですが、ゴブリンの上位種を狩る力があればＤ、Ｃと上がっていきます」

　おお、このあたりは、ラノベで読んだやつみたいだ。

「ただし、薬草採取のみのスペシャリストになられる方もたまにいます。そういった方は、別にギルドカードを発行し、魔物退治にはないランクの上がり方をします。採取用のは、首飾りはなく、ギルドカードしか存在しません。薬草採取用のランクは、Ｇ、Ｆ、Ｅ、Ｄ、Ｃ、Ｂ、Ａの七段階までとなります。ランクが上がることによって買い取りや商人への信頼が厚くなり、報酬も多くもらえるようになります」

　なるほど、そういう道もあるってわけか。

「次にギルドカード、首飾りの説明をさせていただきます。ギルドカードには現在の依頼から過去の依頼まで全て記録されています。王都や大きな街に入る際、ギルドカードの提示は義務化されています。それは、依頼の内容や悪事を働いていないかをチェックするためです。街や国によっては提示しなくてもいいところもありますが、基本は提示するのが当たり前だと思っていてください。提示せずに街に入ろうとすると、カードが光るか、門に設置されている魔道具がカードに反応して、音が鳴り出したりします。そのとき、なぜ提示しなかったと強く詰問され、場合によっては投獄や拷問（ごうもん）や打ち首となる場合があります。あと、カードにはどの魔物を何匹倒したかも記録されます。これはゴブリンなどのなんの素材にもならない魔物の討伐の証明にもなり、報酬を支払うとき、集計を簡素化できます。昔はゴブリンの鼻を取ったりしていたみたいですが、今はカードに記録されるために、そんな面倒なことはしなくてもよくなりました。ただ、素材が使える魔物であれば、なるべく持って帰ってくることをお勧めしています。素材はギルドで買い取りをしますが、仲のいい商人がいらっしゃいましたら、その方に売るのも自由です。ここまでカードの説明をしましたが、首飾りでも同じだと思ってください」

「モアさん、カードと首飾りに違いはあるんですか？」

「はい。そちらを説明します。カードは簡単なステータスが表示されます。例えば、私で言えばこうです」

《名前》モア
レベル10
ＨＰ３００／３００　ＭＰ１００
筋力15　体力20　魔力30　敏捷度20　運10

「と、ここまでしか表示されません。なお、これはレベルが上がったり、訓練によりステータスアップしたときに自動で更新されていきます。この程度なら他人に見せても大丈夫ですが、それが嫌な方は首飾りをお勧めします。首飾りにはステータスが表示されていませんので。カードはとても頑丈にできており、緊急時には武器にしたり盾として使うこともできます。一方、首飾りですが、こちらは魔道具の玉を装着できる仕様になっております。カードも首飾りも魔道具ですが、首飾りは特殊な物で、例えば鑑定のスキルをお持ちでない方が、鑑定の魔道具の玉をギルド首飾りに装着させると鑑定が使えたりします。首飾りにつけられる魔道具の玉は三つまでです」

首飾りをもらうつもりだが、カードはカードで面白いな。

「続いて依頼についてですが、G～Dランクの方はCランクまででしたら自由に依頼を受けることができます。Cランクからはご自分の実力に見合ったランクを自由に受けることができます。ですので、Cランクでも実力がおありでしたらいきなりSランクを受けるということもできます。ただその場合は、依頼失敗時の罰金や罰は大きいです。魔物退治もそれぞれランク分けしております。ゴブリンや三十センチほどの虫の魔物などはGに該当しますが、ゴブリンの上位種ホブゴブリンはF、ゴブリンキングはBかAといったランクになります。もちろん、ランクによってもらえる報酬もかなり違ってきます。危険度が違いますから当然ですね」

俺は一つ頷（うなず）いてみせた。

「また、ランクがAになると、指名依頼されることがありますが、場合によっては断っていただいて結構です。たまに、低ランクの方でも指名依頼されることがありますが、この場合でも同じです。でも低ランクの方の指名依頼でしたら、報酬が高いはずですので、無理のない依頼でしたら受けることをお勧めします。次に、ギルドから間違った依頼があった場合は、放棄して、ギルドに報告してください。例えば、普通のゴブリンの討伐の依頼で向かったのに上位種がいたとか、ゴブリン以外の強い魔物がいたといった場合です。倒せる方なら倒した後で報告してもいいですが、報酬はあまり高くなりません」

「分かりました」

「それと、ギルドの訓練場ですが、冒険者同士のいざこざがあった場合はここで決闘をし、決着をつけてもらうことがあります。基本的に冒険者同士のいざこざにはギルドは干渉しません。ご自分たちで決着をつけてください。それと、ギルド内での職員に対する暴行や暴言は認められません。先に手を出されて仕方がなく攻撃したとかであれば、正当防衛でなんのお咎（とが）めもないですが、先に手を出した場合、罰金か裏ギルドによく回される汚物系の依頼を強制的に受けてもらいます。これはどこの国のギルドでも共通です。また、ランクの高い者がランクの低い者に教えてあげたりすることは、基本ギルドでは斡旋（あっせん）しておりません。個人個人の方針に任せてます。冒険者は、仲間は別ですが、依頼の仕事を取り合う、いわばライバルです。わざわざライバルに助言をしてあげるお人好しなどいませんからね」

　やっぱり、このあたりは厳しい世界なんだな。

「冒険者同士、パーティを組んだときは、一時的なもの以外は、パーティ名をギルドに登録する必要があります。そして強制依頼についてですが、戦争やスタンピードなどの緊急事態では、低ランク高ランク関係なく、依頼参加が義務づけられてます。参加しなかった場合は、ギルド証の剥奪(はくだつ)と永久にギルド登録ができなくなる、もしくは多額の罰金を払ってもらいます。説明は以上ですが、何かご質問はありますか？」

「ランクによって待遇が違ったりとかするんですか？　それと、依頼失敗時の罰金や罰について詳しく教えてもらえませんか？」

「はい、待遇は違います。G～Cまでは同じ待遇ですが、Bから先が少し良くなります。例えば、特定の宿屋だけですが、安く泊まれるとかですね。国々が所有してますダンジョンに入れるのもBからですね。基本、ダンジョンは国の持ち物になりますが、管理はギルドで行(おこな)っています。後は実際にBランクになっていただいたときに分かると思います。Bランク以上についてはそのときになったら、説明してもらうようにしてください。次に罰金と罰に関してですが、依頼のランクと難易度にもよります。人の命が関わっている依頼ですと、低ランク高ランク関係なく、罰金は相当な額になります。罰も同様に、打ち首まではないですが、しばらく裏ギルドで取り扱う依頼を無料で受け続けてもらいます。その場合、特に期間は決まっておりません。ただし、低ランクだけに限りますが、人の命が関わっていない依頼は何度か失敗しても注意だけで済みますが、あまりに繰り返されますとギルド証を剥奪されます。高ランクの方でしたら、一度か二度目の失敗で剥奪の可能性があります。先程、説明し忘れてましたが、依頼の報告はこちらのギルドのように、二階建てもしくは三階建ての場合、低ランクの依頼と未成年の冒険者は二階で受付しております。未成年は他の大人の冒険者とのトラブルを避けるためのギルドの配慮です。未成年は街の依頼を多く受けてもらっていますので、ギルドとしてはありがたい存在なのです。ただ未成年でも、ランクがC以上になれば、一階での受付か二階での受付かを選べるようになります」

「どこまでが、低ランクの依頼なんですか？」

「G～Dまでが基本的な低ランクの依頼とされています。他にご質問はありますか？」

「ランクによってカードや首飾りの色は変わるんですか？」

「はい、変わります。下からG（灰）、F（茶）、E（橙）、D（黄）、C（緑）、B（紫）、A（青）、AA（赤）、AAA（白）、S（黒）、SS（銀）、SSS（金）と色分けされてます。他にご質問はございますか？」

「あと一つだけいいですか？　もし、冒険者のランクをAから上に上げたくないときには、Aのままで止めることはできますか？」

「はい、できます。Aがいいなら、Aになったときにギルドの職員にこのランクでとどまりたいと申請してください。すると、それ以降はどんなに戦闘してもAのままです。他にご質問はありますか？」

「いや、ないです。でも後日気になることができたら、どうしたらいいですか？」

「そのときは、私か別のギルドの職員に聞いてもらって結構ですよ」

「分かりました。ありがとうございます」

「では、ギルド登録の手続きを行いたいと思います。まず、カードと首飾りのどちらにしますか？」

「両方と言いたいところですが、首飾りを希望します」

「両方でもできますよ。両方の場合ですと、銀貨一枚いただきます」

「首飾りを作ってもらって、後でカードも欲しいとなったら、発行は可能ですか？」

「はい、可能です。でも、そちらの方が料金は少し高くなります。どうされます？」

「両方持っていた場合、王都など大きな街に入るとき、両方提示しなければいけないんですか？」

「いえ、どちらか一方だけで大丈夫ですよ。ただし、提示するときに、もう一つ持ってることを報告しなければいけません。どちらも同じ性能の魔道具ですので、報告しなければ、先程言ったように罰を与えられます。そして、最後になりますが、カードと首飾り、ともにギルド証と呼ばれます」

「分かりました。やっぱり首飾りのみでお願いします。すみません、首飾り希望なのに、後日カードも作れるかとか聞いてしまって」

「いいえ、構いませんよ」

モアは全く迷惑ではなさそうに微笑(ほほえ)んだ。

何気(なにげ)ないことなのだが、微笑(ほほえ)まれたことによって、胸の鼓動が速くなった気がする。

「では、手続きをします。カードも首飾りも手続きは一緒なので、気軽な気持ちで待っていてください。では少し失礼して席を離れます。魔道具を持ってまいりますので」

モアは部屋から出ていった。特別綺麗(きれい)な方ではなかったが、普通の二十代前半くらいの可愛(かわい)い子だったなと思った。

第十四話

魔道具を取りに行くと出ていったギルド職員のモアが、小さな手型の台とライトを入れた大きめの箱を両手で重そうに持って戻ってきた。

「では始めていきますね。この魔道具の台に手を載せてください」

モアは大きな箱から手型の台を出して、その上に手を載せるように指示を出した。

手を載せると、手の型が俺の手のサイズにキュッと締(し)まった。モアは箱から見えていたデスクスタンド型のライトを出し、そのライトを手の上から当てる。すると、薄い光が手を照らしはじめた。

「では次に、この箱には首飾りが入っておりますが、貴方(あなた)の物として登録するために血が必要になります。そのまま台から手を離さないようにしてくださいね」

モアが俺の手を置いてある台の下をスライドさせると、指先だけが少し自由になった。

「少しチクッとして痛みますよ」

モアは針を中指に刺した。中指から血が滴(したた)り落ちていくのが分かる。気持ち的に五分ほどの時間が経った頃、モアはスライドさせていた薄い受け皿を手型の台から切り離して、箱から別の小さな箱を取り出すと、素早く受け皿に載せた。

「はい、終わりましたよ。痛いの苦手なんですね。ふふふ、大丈夫ですよ。冒険者登録をするときは子供たちも泣きますから」

針を刺してから終わるまでの間、痛そうに顔を歪(ゆが)めていたらしい。若い女性の前で恥ずかしいと思ってしまった。

「手を離していいですよ。上からの光によって指の傷は塞がっていますから。では、次に離した手をこの箱に翳して、自分自身のみが見えるようステータスを出して、本名を思い浮かべてください。手が熱くなったら終わりです。そのまま首飾りを首につけてください」

本当に指先の傷が塞がっていた。血は指先に残っているが、小さな傷だったのだろう。

俺の本名である「真島光流」を思い浮かべたらいいのか、それともこれからこの世界で使っていく「ミーツ」で思い浮かべればいいのか少し悩んだが、ミーツで行くことにした。そして、ミーツという名を思い浮かべながら、心の中で「ステータスオープン」と唱える。

するとモアの言った通り、手がカーッと熱くなり、熱さが収まったあたりで首飾りを手に取ると、ポワッとした温かい感覚が俺の中に入ってきた。

元の世界ではアクセサリーを着けるのは違和感があって好きではなかったが、この首飾りには違和感が全くなく不思議だった。

「これで、登録は終わります。お疲れ様でした」

「いや、モアさんの方こそお疲れ様です。こちらは言われるままに手を載せて話を聞いていただけなんで」

「ふふ、ありがとうございます」

こうして無事に登録を終わらせることができ、そのままギルマスのグレンのもとに向かった。グレンの部屋に戻ってきて、すぐに目に入ったのは、涙目のダンク姐(ねえ)さんと疲れ切ってるシオンとグレンだった。しかも、何事かと思うほど書類や物が散乱していた。

元々俺が先程の想像魔法で散らかしたってのもあるが、俺が部屋を出ていくときよりさらに酷い状態になっていた。タンスや書類棚も倒れていたからだ。

「え？　何これ、何があったんだい？」

「どうしたもこうしたもあるか！　お前が冒険者登録しに行ったってグレンから聞いた途端、ダンクが暴れ出したんだよ！」

シオンは疲れ切った様子で説明してくれたが、俺が登録に向かったというだけで暴れたと聞いても、嘘だろうとしか思わない。

「まさか、あんなに暴れるとは思わなかった。お前はよほどダンクに気に入られてんだな。あたしがするって言ったじゃない！　って言って飛び出そうとしたから、俺とシオンで止めたんだ。そしたらこの有様だ」

「だって、最初からあたしがするってお願いしてたじゃない！　ミーツちゃん、誰が担当だった？」

「え、いや、モアさんって可愛(かわい)らしい子だったけど、なんで？」

「キーッ！　モアちゃんね、分かったわ。ミーツちゃんが、どんな反応したかとか、登録のときの様子を聞いてくるわ。ちょっと行ってくるわね」

ダンク姐さんは即座に部屋から飛び出していった。言ってはダメだったかもと後悔した。後日モアに迷惑をかけたお詫びとして、何か品物を渡すとしよう。

「その様子だと、何事もなく登録を終わらせたようだな。ダンクもいなくなってちょうどいい。偽装の魔道具をその首飾りに取りつけるぞ。首飾りを外してもらえないか」

グレンは書類が散乱した机の引き出しから、大きめのピンポン玉くらいの球体を出して、手渡した首飾りに取りつけた。玉は首飾りにつけられると、パワーストーンくらいのサイズまで小さくなった。それを再度手渡されたので装着すると、球体が首の後ろあたりに当たっているが、前と同様に違和感はない。

「シオン、先程ミーツには話したが、シオンにも言っておくことがある」

グレンはそう言って、ダンク姐さんを旅に連れていってほしい、という話をした。

「どうだ？　ミーツとともに連れていってくれるか？」

「ああ、俺がダメだと言っても、もうこいつと取引したんだろ？　今更、俺がダメだとは言えないだろ。それに、俺もこいつに誘われていく身だ、断る理由がないな」

「良かった。これで安心して戦場に行ける。どのくらいで戦争になるか今のところ分からないが、多分ここ一年以内だろう」

「死ぬなよ？　お前が死んだら、ダンクに責められるんだからな、こっちは」

「クク、俺の心配じゃなく、自分の心配かハハ！　分かった。俺は死なない。何がなんでも生きてやる」

シオンとグレンは古くからの友人なのだろうか。お互い笑い合っていた。

「お前の登録も終わったし、帰るか」

「ん？　シオン。ダンクを待ってないでいいのか？」

「ざけんなよ。これだけ疲労した原因を作ったやつを、なんで待たなきゃいけないんだ！　俺は疲れたから帰って寝る」

確かにシオンは憔悴しきっていて、見た目でも疲れていることが分かるくらいグッタリしていた。

「グレンさん、モアさんに後日、お詫びに何かプレゼントしようと思ってるんですけど、何がいいですかね？　もちろんダンク姐さんの件でですよ」

「モアが担当だったのか。でも必要ないんじゃないか？　あの子も仕事でお前を担当したんだからな。それでもまだ何か贈り物がしたいと言うなら、何か甘い食べ物でもくれてやるといい」

「分かりました。ありがとうございます。シオンはどう思う？」

「俺に聞くな！　ハッキリ言って興味がない。それより早く帰りたい」

「あ、そ、そうか。じゃあ、シオン、帰ろっかね。宿屋でシオンに試したいことあるし」

「俺は何されるんだろうな。お前のことだ。また常識ないことだろうから、正直イヤなんだが」

「大丈夫だよ。絶対損はさせないから、もちろん痛い思いもね」

「お、おう」

「ではグレンさん、ダンク姐さんのことをよろしくお願いします。それでは失礼します」

「え？　ちょ、ちょっとま、待て、お前た……」

グレンが俺たちを呼び止める前に、素早く部屋を出て扉を閉めた。そしてそのままダンク姐さんには会わずにギルドの外に出ることができた。

そういえば、灰を入れた木桶をあの店主に返さなきゃいけないことを急に思い出した。木桶は裏ギルドの隅に置かせてもらっていた。

「ちょっと、裏ギルドに置かせてもらっていた灰が入った桶を取ってくるから、先に帰っておいてくれないか」

「ああ、分かった。アレ、お前のだったんだな」

ギルドを出てすぐ別れてシオンと裏に回ると、さすがにかなり時間が経っているからか、人もほとんどいなかった。急いで小屋に入り、灰の木桶を探すが見当たらない。あまり気が進まないけど、キックに聞くかと受付に向かった。

「なあ、正直お前には聞きたくなかったが、キック、俺がここに置かせてもらっていた灰が入った桶を知らないか？　まさかお前が捨てたか？」

「フン！　誰が捨てるかよ。誰かが蹴飛ばして床が灰まみれになって掃除するの大変だったんだからな！　こっちの受付側に保管してある」

　意外だった。キックのことだ、俺の物なんて既に捨てていると思っていた。

　事前にダンク姐さんがキックに言ってくれていたのかもしれないが、捨てられてなくてホッとし、ちょこっとだけだがキックのことを見直した。

「そうか、悪かった、ありがとな。お前のことだから、俺の物と知ってたらダンク姐さんがいないときに捨てて知らん顔してそうだったから、ほんの少～しだけ見直したよ」

「……ムカつくやつだな。捨てておけばよかった」

「でも感謝している。灰はもらったが桶は借り物だからな。そのうちお礼に何か持ってきてやるよ。正直、俺もお前のこと嫌いだからな」

「そうだな、俺もだ。まあいい、ちょっと待ってろ」

　キックは後ろを向いてゴソゴソと音を立てて受付ごしに木桶を渡してくれた。

「ほら持ってけ」

「ありがとな。またな」

　裏ギルドを出て桶を持ったまま、店主の店に向かった。

「あのときのおっさんか、どうした？　桶を返しにきたのか？」

俺と同じくらいの年のおっさんにおっさんって言われた。うん、なんか釈然としない。

「そうしたいのは山々なんですが、木桶をこのまま買い取りたくて寄らせてもらいました。まだ、試したいこともできてないですし」

「その服を見る限り、金はありそうだな。少し時間がかかるかもしれないんで」

「分かりました。ありがとうございます」

「また何かあれば来いよ。じゃあ銅貨五枚でいいぞ」

「はい、では灰が必要になったら、またお願いに来るかもしれません。そのときはお願いします」

店主に銅貨五枚を渡すと手を上げながら店を後にして、そのまま宿屋に向かった。

宿屋にたどり着き、女将（おかみ）にシオンを呼んでもらうよう頼むと、彼との関係性を問われた。女将（おかみ）は、こんな冴えないおっさんとシオンが知り合いとかありえないと思ったのだろう。

だが、俺がシオンと知り合いなのは事実。首飾りのギルド証に誓って怪しい者ではないことを伝える。さらに、どうしても怪しいと思うならと、女将（おかみ）に首飾りをシオンに渡してくれと言って手渡した。

しばらく部屋で待ってるとノックの音が聞こえ、扉を開けたらシオンと一緒に、女将（おかみ）がお湯の入った浅くて広いタライを持ってきてくれた。シオンを呼んでもらうついでに湯を頼んでいたからだ。

そして先程渡したギルド証の首飾りを返してもらい、怪しい者ではないことをシオンから女将に説明してもらった。

説明を受けた女将はそれでもまだ納得できない様子だったが、シオンが湯の入ったタライを女将から受け取って俺の部屋に入ると、頭を下げて去っていった。去る前にお湯の代金である銅貨一枚とチップとして石貨三枚を手渡した。

現金なもので、チップを手渡した瞬間、女将の訝しげな顔がニヤけた顔に早変わりした。

「で？　湯までもらって何をする気だ？」

まだタライを持ったままのシオンが聞いてきた。

「シオンを身綺麗にしようと思ってさ」

「裸になってお前に洗ってもらうと？」

「なんでだよ！　ヤダよ。成人男性の結構いい年したおっさんの身体を洗うなんて」

「お前におっさんって呼ばれたくないな。お前に呼ばれると、少し腹立つな」

「まあ、とりあえず、そのタライに裸足になって入ってくれるか？　もちろん服は着たままでだ」

「あ、ああ分かったが、俺、何されるんだろうな」

「さっきギルドでも言ったけど、いいことだよ」

シオンは持っていたタライを床に置いて裸足でそこに立つと、俺は想像魔法の可能性を信じて、シオンの身体と服の汚れが湯の入ったタライに落ちるように想像した。

　すると、シオンの頭から下にスーッと汚れが落ちていく。下を見るとお湯が入ったタライが汚れで真っ黒になっていた。それまでのシオンはスラムの住人と変わらないほど、顔も服も黒ずんでいて汚かった。

「どうだいシオン、綺麗にしてやったよ」

　服は相変わらずボロくてところどころほつれていたり破れているが、汚れが完全に落ちたため元の色が分かった。服の色は白だったようだ。

　それに、今まで汚れでよく見えなかったが、綺麗な金髪も出てきた。以前の薄汚れていた髪の色は、黒に近い茶色だった。

「……ミーツ、これもあまり人前でやるなよ」

「んー、ああ、そうだね。洗濯の依頼がえらいことになりそうだしね」

　女将を呼んでタライを回収してもらうことにした。

「え！　シオンさん、そのお姿はどうされたんですか？」

「ああ、ちょっとな」

　女将は身綺麗になったシオンに驚いていた。シオンは言葉を濁して苦笑いするばかりで、どうしたものかと考えているようだ。先程まで汚れてたシオンが、ほんの二〜三分ほどで身綺麗になり、代わりにタライのお湯が真っ黒になっている上、シオンも質問に答えない。女将も不思議に思って当たり前だな。

せめて女将の目に入らないようにシオンを部屋に戻すか、一、二時間は女将を呼ぶべきではなかったな。

「はあ、もう行くわ。今日は疲れた。色々ありすぎてな」

「ああ、またな。おやすみ」

女将とシオンが部屋から出たのを確認した後に、シオンにレインからもらったレリーフを見せるのを忘れていたことに気が付いた。

でも、シオンも疲れているし、同じ宿に泊まっているんだから、見せる機会なんてすぐに訪れるだろうと思って、次の行動に移ることにした。

今度は灰汁を作るため、灰の入った桶を取り出す。灰を桶の三分の一くらいまで減らし、魔法で桶の中に水を張った。これで数日経てば灰汁が浮くはずだ。

布とかで濾して別に取っておいたら、洗濯で使えるかもしれないのだ。そうしたら、また違う木桶が必要になるかも。

そこで女将さんに要らない桶はないか聞いたが、ないと言われたので買いに行くことにした。

第十五話

宿屋の女将（おかみ）に聞いた場所に着いたとき、食べ物以外で物を買うのは初めてだとふと気付く。

木桶が売っているであろうところは雑貨屋らしく、物がゴチャゴチャとしていて、店の前には気味の悪い老婆っぽい置物が置いてある。

「すみませーん。どなたかいらっしゃいませんかー」

表にも店内にも人がいないため、大きめの声量で店内に声をかけた。すると、気味の悪い老婆っぽい置物から声が聞こえた。

「うるさい！　そんな大きい声出すんじゃないよ」

「すみません、置物だと思ってました。表に人がいないと思って声が大きくなりました」

「あたしが店の者だよ。置物みたいで悪かったね！」

怒られてしまった。そりゃそうだ。馬鹿正直に置物呼ばわりしたんだから、怒られて当然だ。

「本当にごめんなさい。宿屋の女将（おかみ）さんに聞いてきたんですが、木桶って売ってますか？」

そう聞いたのは、店内を見渡した限り木桶が見当たらなかったからだ。

「ああ、あるよ。店の裏の小屋にあるからついておいで」

老婆がゆっくりとした動きで立ち上がり、裏に歩いていく。店が無人の状態だが大丈夫なのだろうか？

「あの、店はこのままでいいのでしょうか？　誰かに何か取られたりはしないんですかね？」

「そんな盗人がいれば、周りの店の者が捕まえてくれるよ」

なるほど、近所付き合いがしっかりしてるんだな。老婆についていくと、小さな掘っ建て小屋に着いた。そこには大小様々な桶が並べて置いてあって、一番大きな物で九十リットルのポリバケツくらいの大きさがあった。

「どんなのが欲しいんだい？」

「えっと、小さめの桶が欲しいんですが」

探してるのは洗面器くらいの大きさの桶なんだが、見た感じそこまで小さいやつはなかった。

「ウチで一番小さいやつはこれだよ」

老婆は洗面器のサイズより少し大きい木桶を出してくれる。欲しかった物より少々大きいが、許容範囲だ。

「じゃあ、これください。それと、布とかって売ってますか？」

「売っとるよ。どのくらいのが欲しいんだい？　あまり小さいのはないよ」

老婆は再度店に戻り、色んな大きさの布を広げて見せてくれた。本当は座布団くらいのサイズの布が欲しかったのだが、小さいのでも布団サイズの物しかなかった。

「では、この一番小さいやつでお願いします。桶と布を合わせておいくらになりますか？」

「あんた、貴族様みたいな話し方するんだね。まあいい、全部で鉄貨五枚だよ」

「いやあ、初対面で目上の人と話すとき、普通は敬語で話しますよ。それに、最初に失礼なことも言ってしまいましたしね。はい、鉄貨五枚」

貴族みたいな話し方と言われて、前にシオンにも言われたなと苦笑いしながら、老婆に鉄貨五枚を渡した。

「じゃあ、何かあればまたおいで」

「はい、また来ます」

老婆に軽く会釈して店を後にした。

これで灰の灰汁ができたときに濾す布と、濾した汁を溜める桶が用意できた。後は上手くいけばいいが。

宿に帰り、早めに就寝した。

翌日、昨日水に浸けておいた灰はどうなってるかなと、灰桶を確認したが、全く変化がなかった。まだ数日は様子を見ないといけないようだ。

宿屋でひたすら灰桶を見守るわけにもいかないし、ダンク姐さんにスマホを返してもらわないといけないしで、ギルドに依頼を受けにでも行くことにした。

最低でも宿屋の宿泊代くらいは稼がないといけない。また外で寝る羽目になるのはまっぴらだ。まだしばらくは金に余裕があるが、裕福な宿生活ができるほどではないし、金なんてすぐになくなるのを知ってるから、稼げるうちはドンドン稼ごうと思った。

一人で表ギルドに入るのは、年甲斐もなく少しドキドキした。確か低ランクの受付は二階だって言ってたなと思い出し、ギルドの二階に上がると、目の前にモアがいた。生気のない顔で朝の挨拶をしてきたことから、昨日は相当疲れたにちがいない。やはり、昨日ダンク姐さんがモアに色々なことを聞きまくったのだろうか。

「おはようございます、モアさん」

「あ、おはようございます」

「昨日はお疲れ様でした。ダンク姐さんに色々聞かれましたよね？　お詫びに何か今度贈り物をします」

「いえ、そんなに聞かれませんでしたよ。ですから大丈夫です。贈り物より、誰もやりたがらない依頼を受けて欲しいです」

「どんなのですか？」

「ギルド内の掃除です。基本、裏ギルドに回されるんですが、最近は裏でも依頼を受けてくれる方がいないんですよ。掃除と言っても、ロビーや受付じゃないですよ。あまり使われてない部屋やギルドマスターの部屋です。ミーツさんならギルマスの部屋を任せられると思うので、ぜひお願いしたいのです。もちろん、少ないですが報酬は出ますよ」

「魔法は使っても大丈夫でしょうか？」

「大丈夫です。危険がなければですけど」

「それなら受けます。少し試したいこともあるので」

「では、掃除してもらいたい部屋が数ヶ所あるので、まず案内します」

さっき挨拶（あいさつ）したときは元気のない感じだったが、誰もやりたがらないギルドの掃除を受けると言った途端に少し元気になった。

案内された場所は、長い間使われてなかったであろう、埃（ほこり）がスゴイ部屋ばかりだった。

最後にギルマスのグレンの部屋に案内されたが、昨日ダンク姐（ねえ）さんが荒らしたままだった。

「あー、グレンさん、昨日はなんかすみません。一通り掃除を終わらせてから、最後にまた来ます」

そうグレンに言い、返事を聞く前にそそくさと部屋を出て掃除場所に向かった。

向かう途中、気になっていることをモアに聞いた。

「あの、掃除するとき、監視とかってされるんですかね？　あと、木桶を一つお借りしてもいいですか？」

「いいえ、ご自分が終わったと思ったら、報告してください。確認して報酬を決めますので。もちろん、雑巾も一つお渡しします」

　よし！　魔法を使う許可も下りたことだし、チャッチャッと検証も兼ねて、想像魔法でやっちまおう。

「報告はギルマスのグレンさんの部屋が終わってからでいいですか？　それともギルマスの部屋に向かう前に報告した方がいいですか？」

「ギルマスの部屋に向かう前でお願いします」

「分かりました。ではまた後程……」

　モアに木桶と雑巾を手渡されて、ギルドの廊下で別れた。掃除する部屋は、ギルマスの部屋を除いて全部で十。その内の六部屋が学校の教室と同じくらいの広さで、残りの四部屋がそれより二回りほど小さい。

　そして、昨日シオンにかけた想像魔法を今度はこの部屋全体にかける。濡れ雑巾で綺麗に拭き、乾いた雑巾で乾拭きするイメージだ。

　すると、部屋の塵や埃が、俺の前に置いた木桶に吸い込まれるかのように集まってきた。

木桶にはあらかじめ魔法で水を張っていたため、みるみるうちに木桶の水は真っ黒になっていった。

塵（ちり）や埃（ほこり）が集まりきったのを確認してから部屋を見渡すと、全体を洗ったかと思うくらい綺麗（きれい）になった。これを残り九部屋全部にやっていけばいい。

昨日のシオンのことを思い出し、ＭＰのことを考えて、一部屋十分ほどかけてゆっくりと魔法をかけていった。

最後の部屋もなんとか終わらせ、怪しまれないように小一時間ほど休んだ後、モアに報告に向かった。

モアは二階の受付にいた。面倒だと思いながら受付に並ぶと、子供たちの中に大人一人という状態で、少し恥ずかしいと思ってしまう。

「モアさん、ギルマス以外の部屋は全て終わりました」

受付で自分の番になってモアに報告すると、驚いた顔をされたから適当にやったと思われたかも。

「あの～、適当にされても報酬はでませんよ？」

やはりそう思われたか。

「じゃあ、確認に来てください」

「分かりました。少しお待ちください、受付の担当を代わりますので」

モアは頭を下げて奥に引っ込んでいった。

少し受付で待っていると別の受付嬢が現れ、同時に背後から肩を叩かれた。振り向くとモアがいて一緒に部屋に向かうことにした。

「お待たせしました。では行きましょう」

二人で担当した部屋を全部確認すると、モアは俯いて考えごとをしているのか、しかめっ面をしていた。

「確認してもらえましたね。では最後のギルマスの部屋に行きますね」

モアにそう言い、スタスタとグレンの部屋に向かった。後ろでモアが何か言ってる気がしたが、おそらく気のせいだろう。

――あ、ちょっ、行っちゃった。いくら魔法とはいえ、この短時間でどうやったか聞きたかったのに――

ギルマスの扉をノックすると、昨日と同じくらい疲れた声で入れと言われた。

「どうした？　先に他の部屋の掃除に向かったんじゃなかったのか？」

「終わらせてきました。嘘だと思ったらモアさんに確認してください」

「はぁ？　終わらせた？　なんの冗談だ？」

「モアさんが魔法を使っていいと言ったので、チャッチャッとやっちゃいました」

「あー、例の魔法か、それなら納得だ。でも後で俺も見に行く」

「後はこの部屋だけなんで、とりあえずこの散乱した物を片付けますね？」

「また魔法でか？」

「いえ、とりあえず大きな物は自分の手で片付けます。その後で魔法を使います」

「それは俺の前で使っても大丈夫な魔法なのか？」

「昨日シオンに使ったから大丈夫ですよ」

手を動かしながら、グレンの問いに答えた。

――シオンにか……シオンも可哀想だな――

「何か言いました？　ちょっと聞こえませんでした」

グレンはシオンの名前を言ったあと、最後にボソッと何かを言ったようだが、聞こえなかった。

「シオンで実験したんだろ？　お前、酷いな」

「危険な魔法じゃないから大丈夫ですよ。昨日シオンはなぜかビクビクしてましたけど」

「そりゃあ、得体の知れん魔法を使われるって知ったら怖いだろ」

ああ、なるほどそういうことか。確かに今から貴方(あなた)に魔法をかけます。でも、どんな魔法かは秘密ですって言われれば、不安がっても不思議ではないな。

「とりあえず散乱した物をあらかた片付けたので、これから使いますね……」

そうグレンに言うと、先程の魔法を使い、塵や埃の掃除を行った。すぐに終わったが、グレンは呆然としていて、徐々に意識が覚醒してきたのか顔色が変わってきた。

「はあ？　なんなんだこれは。現実か？　なんでゴミや埃がお前のもとに行くんだ！　魔法って万能じゃないんだぞ」

「うーん、でもそういう魔法ですから。そうだ、昨日シオンに使ったやつ、グレンさんにも使いますね。汚れが落ちるだけなんで大丈夫ですよ。ただ汚れが下に落ちるので、空のタライの中に入ってもらいますけどいいですか」

なぜかギルマスの部屋に立てかけてあったタライを手に取り、そこに水を張ってグレンを立たせた。そして、昨日のシオンと同じように身綺麗になるよう想像した。

すると、シオンのときと同様に、グレンの服と身体の汚れがタライの中に落ちていって、中の水が黒く染まった。

「服の汚れも落ちてるじゃないか！」

「あれ？　ダメでした？」

「いや、ただあまりに俺の想像を超えたことをやるからびっくりしたんだ」

「じゃあ、終わったんで、報告して帰りますね。あ、そういえば、ダンク姐さんは裏にいますか？」

「あいつは今日は休ませた。おそらくだが、ふて寝しているだろう。あいつのところに行くのか？」

「行こうと思ってましたけど、もう少し様子を見た方が良さそうですね。ではまた」

「ああ、またな」

再びモアに報告すべく先程掃除した部屋に向かうと、なぜか部屋の前で、数人のギルド職員に質問を受けて困っている様子のモアがいた。

「あのー、すみません？　ギルマスの部屋も終わらせたので、確認と報酬をお願いしたいのですが」

モアがビクッとしてこっちを振り向いた。

「あ、ミーツさんでしたか。あの～、どうやってこんな短い時間でこれだけ綺麗にできたのか説明をお願いしたいのですが」

「すみません、驚かせてしまって。とりあえずギルマスの部屋も終わらせたので、先に報酬をもらいたいのですが」

「あ、はい、少しお待ちください」

モアは小走りで去っていった。

どう説明しようかと考えていると、別のギルド職員に話しかけられた。

「あの、これ、あなたがやったんだよね？　どうやったか説明してもらえないかな？　魔法使ったのなら、どういった魔法を使ったのかとかも頼む」

自分なりに時間をかけてやったつもりだったが、それでも早すぎたし綺麗にしすぎたようで、面倒なことになってきたなと思ってると、グレンが来てくれた。

「その必要はない。俺がその方法を見たからな。ギルド職員には今度話すが、聞きたいやつには今からでも誓約書を書いてもらう必要がある。ミーツ、報酬は少し高めの鉄貨八枚だ。それでいいだろ。ここは説明しておくから、お前はもう行ってくれ」

グレンは自身の腰に付けた麻袋から鉄貨八枚を取り出して手渡してきた。

「分かりました。他になんの依頼があるか一通り見たら帰りますね。それと、モアさんが今俺の依頼報酬を取りに行っているんで、グレンさんからモアさんに既に報酬を渡したことを伝えてくださいね」

「もう帰って欲しかったんだが……モアのことも分かった。見終わったら帰れよ。モアにも伝えておく」

「分かりました。失礼します」

数人のギルド職員とグレンに会釈してこの場を去る。そして、もう昼も過ぎていることもあって特にいい依頼も残ってないだろうと思いながらも、依頼が貼ってある掲示板のところに向かった。

第十六話

掲示板を見ると、やっぱりめぼしい依頼はほとんどなかった。後で裏に回されそうな依頼が多く見られる。

常時依頼はゴブリン退治か薬草採取、街の雑用がほとんどだった。特によく見られたのはこれらだ。

『ゴブリン退治』毎日常時依頼＝一匹につき銅貨三枚
『薬草採取』毎日常時依頼＝一束につき銅貨二枚
『商人の子守り』期間二日間＝鉄貨五枚

初めて街の外に出ることになるが、薬草採取をしてみるかな。

街の外に出るには、粗末でも武器が必要になる。

所持金も多いとはいえないが、ナイフくらいは買っておかないと、外に出るのは不安だ。

武器屋を探しに街ブラでもするかと、手始めにギルドを出て周りを見回したところ、向かい側に武器屋らしき建物があるのに気が付いた。

少し余裕がある今だからこそ見つけられたと言えるだろう。つい先日までは食うものにも困るほどだったこともあり、武器屋なぞ必要性すら感じなかった。

早速、武器屋らしき建物に近付くと、建物には大きな剣と槍と弓の絵が描かれていたから、きっと間違いない。

建物内に入ってみると、武器しか扱ってないのか、日本の刃物屋みたいに壁に剣や槍が飾られていた。壁だけではなく、大きな樽に無造作に入れられている剣や槍もあった。

「……何がいるんだ」

無愛想な親父がカウンターにいた。

「えっと、ゴブリンとかをなるべく危険がないように倒したいんですが。どういった武器がいいですかね？」

「危険がないだと？　そんなもんはない」

確かにその通りだ。出直して誰かに聞くことも考えたが、シオンなら、そんなことでいちいち聞いてくるな！　とか言いそうだ。

仕方なく自分で少し考えて、槍と薬草採取用のナイフを購入することにした。

「じゃあ、槍で一番安いやつください。それと、薬草採取するためのナイフも」

「……待ってろ」

そう言うと、親父はカウンター内でゴソゴソと音を立てていた。そして、カウンターの上にドンッ！　と、短槍と刃が剥き出しのナイフを置いた。

短槍の刃はこちらを向いていて、切られるかもと思ってしまった。ナイフは、普通の果物ナイフより一回り大きくした物だった。

「これで、おいくらですか？」

「……本当は銀貨三枚と鉄貨五枚だが、銀貨一枚でいい。何かあったらまた来い」

「え？　なんでそんなに安くしてくれるんですか？」

「……その歳で冒険者になるんだ。何か理由があるんだろ？」

あー、俺の首飾りのギルド証の色を見て、なりたてホヤホヤの冒険者だと分かったのだろう。

この歳だと、よほどのことがないと、冒険者にならないんだな。店主から同情とも憐みとも言える視線が感じられた。

「ありがとうございます。もう少し稼げたら、正規の値段を払いに来ます」

「……ああ、無理するなよ」

見た目は厳つい感じで無愛想だと思っていたが、意外と面倒見のいい親父だった。明日からはガッツリ稼ぐつもりで頑張ろう。

そう思ったが、武器屋から出たら急に臆病になってしまった。

結局、数日の間、灰の桶の様子を見ながら、表のギルドで裏ギルドで扱われるような雑用の依頼を受けつつ、誰の目にも怪しまれないように想像魔法の可能性を検証した。しかし、いまいちよく分からない上に、魔力もＭＰもすぐ底をつくため、あまり検証は進まなかった。

やはり魔物を倒してレベルを上げなければ話にならない。身を守るための武器もあることだし街の外に出ようと決心する。宿を出て外に出るための門に向かっていると、ふと薬草の種類や効能について何も知らないことに気付いた。そこで、急いでギルドに行って実物を見せてもらい、主に使われているのがヨモギとドクダミだと知った。

他に希少性のある薬草では、紫蘇の葉とカモミールなどのハーブがあったくらいだ。こちらの世界でも、ヨモギなどの草の名称は一緒で安心した。

今度こそ門に行くと、冒険者用、一般人用、貴族用と、門は複数あった。一般人用は長蛇の列だ。冒険者用は少し並んでいるだけのようだ。

冒険者になっていて良かったと思った。

だが、こんなに門を作って大丈夫なのか？

何度も戦争を経験してきた国のはずなのに。よほど防衛に自信があるのかもしれない。まあいいや。俺の知ったことではないし、行こう。俺の順番になって初めて門番に話しかけられて少しドキドキしたが、なるべく平常心で受け答えをした。

「お？　おっさん初めて見る顔だな。何しに外に出るんだ？」

「薬草採取に出るつもりです。できることなら、ゴブリンも見てみて、狩れるようなら倒してみようかなと」

「薬草採取は探すのに苦労するだろうが、ゴブリンは無理するなよ。あんたみたいなおっさんは簡単に殺されちまうからな」

「お気遣いありがとうございます。一応、この短槍と少し魔法が使えますから、やれるだけやってみます」

意外といい人っぽい門番だった。

他にも夜までには戻ってこいと声をかけられ、薬草の採取できる場所の情報を聞かせてくれてから、ようやく外に出してもらえた。

外に出てみると、荒地と言っていいくらい、周りには何もなかった。

門番に聞いた話では、離れたところに森があるという。しばらく歩いてみると、遠くの方に森らしきものが見えたので、意気揚々と進んでいく。

疲れた。森まで行くのに、おそらくだが二時間くらいはかかったと思う。感覚的に十キロくらい歩いたように感じる。

森に着いて薬草採取しようと探し回るが、全然見当たらず、散々歩いて唯一見つけたのは、たくさんの人に踏まれたのか、クタクタに萎びたヨモギだけだった。

仕方なく、諦め半分で、想像魔法で薬草のヨモギが手の上に現れるよう想像してみる。

そうしたら瑞々しいヨモギが一束分、手の上に出てきた。

「は？」

一瞬思考が停止した。

「なんじゃこりゃーーー！！」

シオンみたいに叫んでしまった。諦め半分と言いつつ、どうせ無理だと思ってやったことだが、ヨモギが何もないところから出たことに驚きを隠せない。俺の叫び声が森中に響いた気がした。

薬草ですら想像魔法で出せるのか？

想像魔法ってなんなんだと自問自答したが、今こんなところで考えても分かるはずがなく、悶々としていた。そこへガサガサッと茂みが動いたので、短槍を構えて警戒していたが、出てきたのは他の冒険者だった。

「おい！　今叫んだのアンタか？」

「え、あ、うん。そうだけど？」

「今の叫びで複数のゴブリンどもがコッチに来るぞ！　逃げるなら逃げろ！　俺は薬草採取に来た

が、ゴブリンを殺すためにも来てるから戦う。アンタはどうする？」

「私のせいでゴブリンが来るなら戦います。先輩冒険者の貴方だけ、戦わせるわけにはいきませんからね。まだゴブリンと戦かったことはないですが」

「は？　ないのか？　おっさんなのに？」

「はい！　まだゴブリンを見たこともないです」

「あー！　もう時間ない！　来たぞ」

そう冒険者が叫んだあと、現れたのはこれぞゴブリンって感じの、頭がハゲていて緑色の肌にガリガリに痩せた八歳くらいの子供の背丈のヤツだった。

その鼻は悪い魔女みたいに歪な形で長かった。

手にはそれぞれ木の棍棒や拳大の石が握られていた。

それが右から十四、左から四匹で迫っている。

「左のやつを殺れるだけ殺れ！　俺は右を殺す！　おっさん、死ぬなよ」

先輩冒険者は右に走り出した。

俺は想像魔法で岩が上から降ってくるのを想像しつつ、近くにいた一匹を短槍で突いてバックステップした。途端、上から直径三メートルくらいの岩が落ちてきて、残りの三匹はそれに潰されて死んだ。

「左は終わりました。今からそちらに加勢します」

左が終わって右側に走り出そうとすると、先輩冒険者もゴブリンもこっちを見て呆然としていた。

やっぱり、さっきの岩はやりすぎたみたいだ。

だが、呆然としてるからといって、何もしないわけにもいかず、すぐにゴブリンどもを短槍で一突きする。すると、ようやく我に返ったゴブリンどもが、

「ギャギャッガ！」

と、何かを喋りつつ並んで突っ込んできた。再度魔法で、今度は岩じゃなく光で——この前シオンがやった光を想像すると、閃光弾でも使ったかのようにあたり一面が光に包まれて、視界が真っ白になってしまった。

視界がボヤけながらもだんだんと見えてくると、ゴブリンは既に五匹倒されていたが、残りの五匹と先輩冒険者は目を押さえてフラフラとしていた。

もしかしたら失明させてしまったかもと焦りながら、ゴブリンを先に倒した。先輩冒険者は未だ頭を振りつつ瞬きをしていたが、緑色の血をポタポタと垂らしている俺の短槍を見て驚いていた。

「おい！　あんた凄いな。初めてゴブリンを見て戦ったんだろ？　それに、さっきの光はなんなんだ？　目が潰れたかと思ったぜ」

「はい、疲れました。あれは私の魔法です。貴方まで巻き込んでしまって、すみませんでした」

「へ？　魔法？　あんな魔法が使えるなんて、あんた、名のある有名な魔法使いか？」

「いいえ、違います。最近冒険者になったばかりの冴えないおじさんです」

「いやいやいや、冴えない親父があんな魔法使わないって、多分わけありなんだな。アンタが呼び寄せたとはいえ、これだけのゴブリン討伐ができて助かったぜ！　俺の名はニックだ。何かあれば相談に乗ってやるぜ」

「ありがとうございます。私はミーツといいます。私はこれから帰りますが、ニックさんはどうされますか？」

「俺も疲れたから帰るぜ。それと、アンタの方が年上だ。その言葉遣いはやめようぜ」

俺たちは雑談しながら王都に戻った。

「お、さっきのおっさんか。もう帰ってきたのか？　って、後ろにいるのは、おお、ニック！　今日はヤケに早い帰りだな？」

「今日は、このミーツのおっさんとゴブリンを狩ったんだよ。今日の分の薬草も採ったしな」

「このおっさんがか？　逃げ回ったんじゃなくてか？」

「それがな、意外とやれるおっさんだったんだよ。また今度飲みに行こうぜ」

門番と軽く会話したあと、俺たちは街に戻った。

「ニック、門番に魔法のことを黙っていてくれて、ありがとな」

「いいってことよ。バレたら国の所有物になる可能性があるからな。冒険者でも隠したがるやつは多いんだ」

ニックと一緒にギルドに入ると、目の前にモアがいた。

「ミーツさん、どこ行ってたんですか？　グレンさんが探してましたよ。宿に行ってもいなかったとかで」

「すみません、外に行って薬草採取とゴブリン退治をしてました。すぐにギルマスのところに行きますね。悪いなニック、そういうことだから、今度メシでも行こうな」

「え？　ギルマスって、おっさんあんた、何者だ？」

「説明したいけどできない理由があるから、また今度な」

ニックに手を上げたあと、急いでグレンのところに向かった。ここももう慣れたもので、ノックをすると返事があったのですぐに入った。

「来たか」

「はい、どうされたんですか？」

「お前に悪い話がある。この王都にいる間は、お前の魔法はなるべく使うな」

「え？　なんでですか？　まだグレンさんとシオンとダンク姐(ねえ)さんくらいにしか見せてないですけど」

「お前が魔法を使って、ギルドの部屋を綺麗にしただろ？　それで、城の魔法関連の関係者が、異様な魔法を使う者がいると気付いたみたいなんだ。まだ、お前と特定されてないが、このまま王都で使い続けると、バレて城に連行される可能性が高くなる。だから、使うにしても気をつけて使え」

「黙っててもいいことを教えてくれてありがとうございます」

「お前には、ダンクを連れていってもらわないといけないからな」

あ、そういえばそうだった。そういう話だった。

「はー、その様子だと忘れていたようだな。まあいい、とにかく気をつけろよ。外に行くことがあれば、外でも注意しろよ」

「さっき、初めて街の外に出ました。そこで、初めてゴブリンを狩ってきました」

「は？　それ魔法使ったんじゃないだろうな！」

「……」

「目を逸らすな！　誰に見られた？」

「ニックという冒険者です」

「ニックか、分かった。後でこっちで調べて注意しておく。もう下がっていいぞ」

「多分、ニックは大丈夫だと思いますが、よろしくお願いします。あ、最後に魔法を使っても大丈夫な部屋ってあります？」

「まだ使う気か！　使うなら自分が泊まってる宿だけにしとけ！　それと、宿で使うときも窓や扉はちゃんと閉めて使えよ？」

「分かりました、じゃあ失礼します」

俺はそのまま二階の受付に行き、ゴブリン退治十四分の報酬鉄貨三枚をもらった。そしてギルドを出ると、そろそろダンク姐さんのところに行っても大丈夫かなと思い、裏ギルドに回った。

「ダンク姐さん、いる～？」

「ミーツちゃん、ここ数日どうして来てくれなかったの！」

「え？　どうしたの？　ダンク姐さん」

「どうしたの？　じゃないわよ！　シオンちゃんと一緒に慰めに来てくれると思って待っていたのに」

あー、そういうことか。しまったな。そっとしといた方がいいと思って放っておいたのが裏目に出てしまった。

「ご、ごめんよ。ダンク姐さん、そんなに落ち込んでいたなんて知らなかったんだ。でも、ダンク姐さんには訓練に付き合ってもらいたいかも」

ダンク姐さんの機嫌を回復させようと訓練に誘った。

「ふう、仕方ないわねえ。ミーツちゃんだもんね。登録は残念だったけど、モアちゃんに事細かに聞いたからいいわ。許してあげる、その代わり、訓練は厳しく行くわよ」

「ホッ、良かった。じゃあキック、ダンク姐さんを借りていくな」

「キックちゃん、一時間くらいしたら戻ってくるから、後はヨロシクね～」

「え、ちょっ、待っ」


ギルドの地下にある訓練場に着いてダンク姐さんと対峙していると、なにやら凄い威圧感があって身震いしてくる。

「さて、あたしは指二本しか使わないから、小手調べに軽くいくわよ」

ダンク姐さんは中指と親指を丸めてデコピンの構えをとって五メートルくらい離れてたのだが、一瞬で目の前に指を突き出してきていた。

俺は咄嗟に頭を振って避け、拳をボディに当てようとしたが、そこには既に姐さんはいなかった。

「ダンク姐さん、速すぎだよ」

「ふふ、ミーツちゃんも思ったよりやるじゃない。でも魔法は使っちゃダメよ」

「目に見える魔法は使ってないよっと。くっそー、外れた」

俺は再度ダンク姐さんの身体に拳を当てようとしたが、今回も既にいなかった。

「え？　じゃあ、何使ってるの？」

「こういう動きにはこれくらいの身体能力が必要ってのを思い浮かべながら動いてるってだけだよ。身体強化っていえばいいかな？　俺自身の魔力を身体全体に薄く包んでいる感じかな」

筋トレするにしても、何も考えずにやるより、こういう身体に近付きたいと、想像しながらやる方が効果が出ると、本に載ってたのを思い出したのだ。

「でも、そういう考えは大切よ。ていっ！」

「あ痛っ」

額にデコピンされた。

「参りました」

「え、デコピン一発で？」

「うん、あと何発かはイケるけど――」

「なら、まだいけるわね。さあ、どんどんいくわよ」

ダンク姐（ねえ）さんは、俺が言い終わる前にデコピンの連打をしてきた。

「待った！　本当にストップ！」

再度額にデコピンされ、身体にも数ヶ所デコピンされ、本当にやばいと思いストップをかけた。

「準備運動にもならないわね」

「ごめんなさい」

謝りながら土下座した。

これ以上されたら死んでしまうと思ったからだ。

「この場で言うのもなんだけど、ダンク姐さんに預けていたスマホを返してもらえるかな？」

「いいわよ。今持ってるから投げるわね」

ダンク姐さんは軽く投げたつもりだろうが、スマホは凄い速さで飛んできた。辛うじて俺は胸元でキャッチする。念のため起動してみたら、壊れてなくて安心した。

「ミーツちゃん、こっちの世界にはちょっとは慣れた？　もう結構たつんじゃない？」

「そうだね。色々ありすぎて、日にちの感覚が分からないけど、そこそこは慣れたと思うよ。今日、ダンク姐さんに会う前に、初めて街の外でゴブリン退治をしたんだ。さっきまで、知性のある生き物を殺してしまったと罪悪感を持っていたけど、訓練していたら、そんなものは消え去ってしまったよ」

「そう、良かったわね。いちいちゴブリンごときに罪悪感を覚えていたら生きていけないわ」

訓練が終わったあと、座り込んでダンク姐さんと雑談をしていると、ふと城に残った若い子たちはどうしてるんだろう？　と考えてしまった。

第十七話

ダンクとミーツがギルドの訓練場で組み手をしている頃、城では——

「撫子様、だいぶ様になってきましたね。もう少ししたら、皆さんとともに城下町に出ても大丈夫そうですね。そのときは、私も護衛を兼ねてついていきますが、いい気晴らしになると思いますよ」

撫子がなかなか俺——ケインになびかないことに苛つくが、感情を表には出さないよう心掛けている。

だが、城に残った男二人が、撫子と訓練をしていると、ちょいちょい邪魔をしてくる。先に城を出た他の仲間に何か忠告でもされたのかもしれないが面倒だ。

「ハアハア、ありがとうございます。正義くん、英雄くん、良かったね！　もう少しでみんなと街で合流できるって」

大体、こいつらが邪魔なんだよ。

途中から俺を監視するかのように俺と撫子の訓練に参加しやがって。メイドを使って籠絡してやるか？　この年頃の男なんて、ちょっと色気のあるメイドを使えばイチコロだろう。

ふと男どもを見ると、正義と英雄の二人が、訓練は終わりと思ったのか、剣を鞘に戻して片付けを始めていた。

「待て待て、まだ訓練は終わってないですよ、君たち。男だけ先に帰るなら、それでも構いませんが？」

「カッチーン！　それならやってやらあ！　副騎士団長様よ、後悔するなよ」

「だな、英雄！　俺たちの連携を見せてやろうぜ」

ここ数日、撫子以外の二人の男の訓練を部下の騎士たちと見ていたが、英雄は頭に血が上りやすく、簡単な挑発でも乗ってくるのが分かった。一方の正義は、英雄がいなければ挑発になかなか乗らない、面倒な男だ。

今二人揃って頭に血が上っているようなので、さっさと返り討ちにしてやるとしよう。

訓練のとき、俺は木剣を使っているが、二人には刃こぼれしているものの真剣を使わせている。もし斬られたら、致命傷にならずとも決して軽い傷では済まない。

二人は左右同時に仕掛けてきた。

左右同時といっても、二人はステータスこそ普通の騎士より強いだろうが、剣術や立ち回りは稚拙。そんな二人に俺が負けるわけもない。仕掛けてきた二人の攻撃は全くの同時ではなかったため、片方ずつ剣を受け、その流れで二人の腹に木剣の柄をめり込ませて気絶させた。

二人との勝負の前に、部下の騎士を使ってメイドを呼びに行かせ、訓練場外にて待機させていた。

二人が気絶して地面にうつ伏せで倒れたのを確認したメイド長が、俺のもとにやってきた。

撫子に分からないように、メイド長に二人を籠絡するように伝え、懐から金貨が入った小袋を手渡すと、中身を確認するまでもなく、俺の目を見つめて微笑んだ。そして、外で待機させていた他のメイドたちを訓練場に呼び寄せると、一人の男を五人で運ぶという必要以上の多人数で訓練場を後にした。

「正義くん、英雄くん！」

そんな二人を心配した撫子が、メイドが運んでいる二人のもとに駆け寄ろうとするが、メイド長をはじめ他のメイドたちも、彼女を近付けさせなかった。

「心配ないですよ。撫子様、メイドたちは優秀なので、しっかりと介抱すると思いますので」

そんな撫子を安心させるように、優しく声をかけた。

「……はい」

撫子の返事は暗く、連れていかれている二人を見守ったまま、こちらを振り向きもしない。

そんな撫子の肩に手を置き、こちらに振り向かせたあと、後方にいる部下の騎士たちに片手を上げて訓練場から退場させた。

だが、二人っきりになってもいまだに二人のことを心配する撫子に、俺は次第に苛(いら)つきはじめていた。

この気持ちはなんなのかは分からないが、彼女を独占したい気持ちが強くなってくる。

「さあ、撫子様。訓練を再開させましょう」

「え？　でも、今日の訓練は終わったんじゃ……」

「いえ、まだ終わってませんよ。撫子様は仮であっても勇者の身、今のままでは、私はおろか、私の部下の騎士たちにすら勝てませんよ。そんなことでは魔族となんて戦えません。たった今から、貴女(あなた)には厳しくいかせてもらいます」

撫子にはあの二人より強くなってもらい、二人を必要としないレベルまで成長させようと試みることにした。

ついでに撫子にはときに厳しく、そしてときに甘い言葉と態度を見せて、俺に振り向かせる計画を早めることにしよう。

「さあ、撫子様。そんなにご友人の二人が心配でしたら、私に一撃でも攻撃を当てることができれば、追いかけてもらっていいですよ」

撫子はそんな俺の提案に乗り、訓練用の剣を手に、今まで教えてきた剣術でガムシャラに攻めてきたが、勇者といえど所詮(しょせん)レベル1だ。

攻撃が軽すぎて欠伸が出てくる。

あまりにも単調な攻撃が続くため、先程の二人同様に、剣の柄を撫子の腹に入れた。撫子は倒れたものの、先程の二人と違って気絶はせず、痛そうに腹を押さえて座り込んだ。

「酷いです。ケイン様、さっきまでの動きと全く違います！」

「すみません、撫子様。あまり甘くすれば訓練にならないので、先程の正義さんと英雄さんの力加減でいかせていただきました。少し休憩といたしましょう」

俺が休憩と言うと、撫子は腹を押さえながら、激しく息切れをしつつ、寝転がった。

そんな撫子の姿に少し欲情してしまいそうになるが、グッと我慢しつつ、今度食事や訓練時の飲み物に媚薬でも混ぜてみるかと思案する。すると、撫子は寝転んだまま、目だけをキッと俺に向けて睨んだ。

もしかしたら、考えていることが顔に出ていたかと一瞬思い、笑顔で撫子に手を差し伸べた。

「撫子様、どうされました？」

「ケイン様、私に何かされるのですか？　ケイン様が私にいやらしいことをするとか、嘘ですよね？」

「ええ！　な、なんですかそれは！　どなたがそんなことを？　私が撫子様にいやらしいことをすると、撫子様は信じているのですか？」

「いえ、ケイン様が私を籠絡しようとしてるって情報を聞いたものですから。ここ数日様子を見ていたんですが、そんな傾向が見られないので、やっぱりデマだったんじゃないかと思い直したんです」

一瞬、背筋が冷やりとした。だが、撫子は言葉を続けた。

「あの、私はケイン様のことを信じたいです。ですから、本当のことを教えてください！　私はケイン様のことでしたらどんなことでも信じます。ケイン様とはここ数日の浅い関係でしかありませんけど、私はケイン様のお役に立ちたいです」

ここ数日の間、撫子だけではなく、英雄に正義、城から出ていった者にも不審な目で見られていたのには気が付いていた。やはり、マーブルの爺さんの計画を知った誰かが、撫子たちに情報を漏らしたのだろう。

撫子の訓練をしていても、マーブルの爺さんや国王からの重圧が酷かったが、焦らずに訓練をしていて良かったと思った。それにしても、撫子もやっぱりガキだ。そんな情報を仕入れているのに、まだ俺を信じる気持ちがあるとは。ここは言葉を選びつつ、籠絡するために一気に撫子との距離を縮めなければいけない。

「私が撫子様を籠絡？　そんなことをするわけございません！　撫子様は確かに凄く魅力的な女性です。ですから、私は正々堂々と騎士道精神にのっとって誠実に撫子様とお付き合いしたいとは思っても、撫子様を貶めようなんて思っていません」

「ケイン様、私のことを魅力的って思ってくださるのですか？」

「もちろんでございます！　勇者様でなければ、私のいいところを撫子様に見てもらって、猛烈にアタックしてますよ」

自分自身、何を青臭いことをと感じた。恥ずかしくて赤面していないだろうか。

「申し訳ございません！　ケイン様を誤解していました。私もケイン様のことを素敵だと、最初に会ったときから思ってました。ケイン様がよろしければ、私のこと呼び捨てで『撫子』と呼んでもらえますか？」

「もちろん、いいですとも、撫子！　では、私のこともこうして二人きりのときだけは、ケインとお呼びください」

「ケイン……さま。いきなりは恥ずかしいです。ケイン……さま」

本当に青臭いガキだと思いつつ、面倒だが言葉を続けた。

「いいから、とりあえずケインとだけ呼んでください」

「ケイン！」

「そうです。撫子！　ではこれから二人きりのときだけ呼び捨てで呼び合い、言葉遣いも砕けた感じにしませんか？」

「いいのですか？」

「もちろん！　部下の騎士たちやメイドのいない、二人っきりのときだけですが」

「じゃあケイン、今度城下町を案内してね？」

「ああ、もちろんだ。仲間と合流する前に私とデートをしよう！」

「デート、嬉しい！　ケインとのデート楽しみにしてるね！」

案外、撫子の籠絡も容易いな。

後は時間の問題だろう。

残りは面倒な男ども二人だが、先程のメイド長が上手くやってくれているだろう。骨抜きにされ、マーブルの爺さんの計画通りになるまで、そう時間はかからないだろう。

第十八話

ケインに気絶させられた正義と英雄は、別々の個室でメイドたちから介抱されていた——

「いてて？　あれ？　ここどこだ？」

俺――鈴木英雄は、ベッドに寝かされていた。

そして、周りには三人のメイドがいる。

「ここは、英雄様を介抱するための特別な個室でございます。お仲間の正義様は別の個室で、英雄様と同じように介抱されていると思います」

「へえ、そうなんだ」

なるべく平常心で答えたけど、やべえ！　このメイドたちボンキュッボンだ！　巨乳好きな俺にとって、ここはまさに天国だ！

俺は今巨乳なメイドに膝枕をしてもらっていて、見上げれば服の上からだが、山が見える状態だ。

他の二人のメイドは、腕や足を優しくマッサージしてくれている。

すると足をマッサージしてくれているメイドが、俺の股間をマッサージしはじめた。

「なっ！　ちょっ、ちょっと待った！」

起き上がって抵抗しようと思っても、膝枕をしているメイドと足のマッサージをしてくれているメイドに押さえつけられていて、起き上がれない。仕方なくされるがままになっていると、膨張した股間は簡単に逝ってしまう。メイドたちにはクスクス笑われて、恥ずかしさのあまり手で顔を覆った。

そんな俺の手をそっと外し、足をマッサージしてくれているメイドが口移しで何かを飲ませてくれる。ついでにメイドの舌が生き物みたいに俺の口を蹂躙していく。

惚けていると、股間がムクムクと凄い回復を見せた。さっき口移しで飲まされたやつの影響かな？　たちまち性欲がとんでもないことになってくる。

「あの！　俺！　もう我慢できないんだけど」

俺の心のうちをメイドたちに伝えると、彼女たちは待ってましたと言わんばかりに服を脱いだ。

服の上からでも理想的なプロポーションだったが、脱いだらそれこそパーフェクトだった。


こうして、俺はメイドたちに蹂躙された。

こんなに気持ちいいことが、この世にあるのか……

まさに天国だった。異世界に来て本気で良かったと初めて思った瞬間だった。

撫子ちゃんを護るために残って良かったなあ。

ケインもここ数日ほど見ていたが特に何もしなかったし、今日くらい俺がいなくなっても問題は起きないだろう。そんなことを思っていると、また俺の暴れん坊が元気になっていく。

それを見たメイドたちが微笑みながら、俺が果てるまで何度も何度もヤラセて、咥えて、凄い体位で楽しませてくれた。

胸も吸ったり、揉んだり、俺のモノを挟んで顔に出したりとたくさん、本当にたくさん色々とやった。

「このまま、ずっとこのままでいたいな」

独り言をボソリと言って気を失った。

起きたら、さすがにいないだろうと思ったが、抱き枕のように一人のメイドが後ろから抱きついていた。

近くにあった呼び鈴を鳴らすとまた同じメイドが来て、ベッドに入ったまま食事を食べさせてくれた。

そのまま、また口移しで何かを飲まされ、気を失う前の出来事をデジャヴかと思うくらい再現してくれた。もうダメだ、抗うことができない。

俺は、完全にメイドたちの虜（とりこ）になってしまった。どうせ、正義も同じ感じになってるだろうと思いながら、欲望に身を任せることにした。

こうして撫子ちゃんとも正義とも会わずに、メイドたちとイチャイチャしながら数日が過ぎていった……

第十九話

「ん？　なんだ？　頭がやけに柔らかい」

俺——田中正義は、ケインにやられてしまったのか？

ぼーっとしていると、メイドに膝枕されていることに気付いた。

「なっ！　何しやがる！　俺を骨抜きにするためにケインが仕向けてきたメイドたちだな」

「いえ、違います。私たちは正義様が魅力的だから、気絶されてこの個室に運ばれたのを見て、この機会に正義様と懇意になりたいと思って参ったのでございます」

いや！　俺は騙されない！　英雄もきっと同じだ！

アイツも意外と結構シッカリしてるから、さっさと飛び出して俺たちの部屋に戻ってるはずだ。

「あんたたちは確かに魅力的だ。この城じゃなければ、俺はあんたたちに靡いてたに違いないぜ。だが悪いな。俺は部屋に戻るぜ」

ベッドを下りて、扉を開けようとするが、開かない。

「オイ！　開けろよ。痛い思いをさせたくないから開けろ！　俺に女を殴らせるな。なるべくなら俺は女には手を上げたくないんだ」

メイドたちを睨み、拳を握りしめて凄んだら、一人のメイドが渋々扉の鍵を開けた。部屋から出ていくときチラッとメイドの顔を見ると、頬がほんのり赤くなっていた。後で指示したやつに怒られるんだろうなと考えながら男部屋に戻るが、英雄がいない。

そのうち戻ってくるだろうと部屋で寝たのだが、起きても戻ってない。なんなんだよ。

まさか！　英雄のやつ、メイドたちとイチャコラしているんじゃないだろうなと考えたが、そんなことはないと頭を振った。

二人で撫子ちゃんを護るとアリスちゃんたちに約束したから、それは絶対にないだろう。そこで、男部屋を出て、英雄を捜すついでに撫子ちゃんの様子を見に行こうと、女子部屋に向かった。

「なんだよ。どこにいるんだよ英雄ぉ」

英雄はどこにもいない。いつの間にか女子部屋に着き、扉をノックをすると返事があった。

良かった、撫子ちゃんが無事部屋に戻っていることに安堵した。部屋に入ると、撫子ちゃんは「どうしたの？」と聞いてきた。

「いや、俺たちが気を失ってからどうなったのかなって思って。俺たちはなぜか別々の個室でメイドたちに介抱されていたから、撫子ちゃんは何もなかったのかなって思って、様子を見に来たんだ」

「それってメイドさんとエッチなことしたってこと？」

「ち、ちげえよ！　英雄はまだ男部屋に戻ってないから、どうなったか分からねえけど、俺はメイドたちを撥ね除けてきたぜ」

「ふーん、別に英雄くんと正義くんがメイドさんとエッチしても、なんとも思わないけど」

「そりゃないぜ、撫子ちゃん！」

「だって、私が好きな人はケインだもの。ケインはこのまま、もう少し訓練を続けたら、城下町にデートに連れていってくれるって約束したもん」

「はあ!?　ケインの野郎といつそんな仲になってんだよ？　しかも呼び捨てかよ」

「正義くんに関係ないでしょ！」

「いや、関係あるに決まってんだろ！　俺はアリスちゃんたちに約束したんだよ！　撫子ちゃんを護るって」

「護るも何も、私より弱くて、ケインにも簡単に負けちゃったじゃない！」

「ぐっ、痛いところをついてくるな。確かに今の俺は弱い！　だけど、今の撫子ちゃんをこのままにしては行けない。だから、一度ここを抜け出して士郎さんたちと合流しようぜ」

俺は撫子ちゃんの腕を掴もうと、手を伸ばした。

「イヤ！　ケインが私のために付けてくれた兵士を呼ぶよ！」

撫子ちゃんは呼び鈴を乱暴に鳴らした。

すると、ドカドカと兵士がやってきて、俺は拘束された。

そのまま、牢屋に幽閉されてしまった。

数日が経った頃、牢屋から出されてどこに連れていかれるかと思ったら、マーブル様のところだった。

「正義様、勇者様に乱暴しようとしたらしいですな！　そのような方は城から出ていってもらうしかないですな。まあ、ここ数日の牢屋暮らしで少しは反省したかもしれませんが、出ていってもらうことに変わりません。あー、訓練用の武器と数日泊まれるだけの金銭は渡してあげます。儂の心優しい対処に感謝するようにですの。あ、もちろん、国王の命令ですからの。ホッホッホッホッ」

マズイ！　今追い出されたら、撫子ちゃんを守れなくなる！　英雄もまだ見つからないし、追い出されるわけには行かないと思って抵抗したが、たくさんの兵士に掴まれていてどうにもならなかった。

「ちょっ、ちょっと待てよ」

「いーえ待ちません。勝手に冒険者にでもなればいいと思いますぞ。ホッホッホッホ」

マーブルの爺さんは言いたいことを言い、他にも兵士を呼び寄せる。そして、俺はあのときのおっさんと同じように、城から追放された。金と訓練のときに使った装備品を無理矢理渡されれて、だ。

俺は抵抗したけど、複数の兵士に囲まれれば意味がない。兵士も、訓練のときにいたような騎士ではなく、俺とは比べ物にならないほどのガチガチに鍛えられた筋肉の持ち主だったのだ。

とりあえず、士郎さんたちと合流できたら、今までの流れを話そうと思いつつ、街に向かって歩き出した。

第二十話

訓練後、ダンク姐(ねえ)さんに返してもらったスマホを、俺——ミーツは起動させてみる。すると、バッテリーが全く減った様子がなかった。不思議に思いながら雑貨屋で買った布を適当に切り、それを風呂敷のようにして武器と一緒に仕舞った。ナイフと槍の刃先も、別の布でグルグルに巻いておく。

「ダンク姐(ねえ)さん、スマホを預かってくれてありがとう」

「あら？　いいのよん。で・も・ね？　シオンちゃんとのデートの約束はなしにならないからね？」

「そ、そうだね。そのうちシオンにそれとなく話すよ。それはそうと、ゴブリン倒してきたのは今日なんだ」

「へえ、今日のことだったの。だから、ミーツちゃんの荷物から、槍がはみ出しているのね」

「ギルド近くの武器屋で買って、今日、薬草採取とゴブリンの退治をしたんだ」

「あー、あの武器屋の人ね。無愛想だったでしょう？」

「そこまでではなかったよ。とてもいい人だったね。これだけ買っても、銀貨一枚にまけてくれたし」

「え？　あの人が？　え？　嘘？　違う人のことよね？　あたしが言っているのは、ギルドの向かいにある武器屋よ？」

「そうだけど、何かおかしなことかな？」

「おかしなことも何も、あのおじさん、絶対に値段引きしない、スッゴイ頑固親父なのよ！　値段をまけるほど気に入った人がいるとか、聞いたことないわ」

「無愛想だったけど、面倒見の良さそうな人だと思うんだけどなあ。一番安い武器とナイフって言ったら、コレ売ってくれたし、本当は銀貨三枚と鉄貨五枚のところを銀貨一枚でいいって言ってくれたんだよ」

「ミーツちゃんって不思議よね。みんなミーツちゃんのことを好きになっちゃう。人を惹きつけられる人って、凄く貴重よ」

「そんなことないよ。キックとか嫌いだし、この国の王は最悪だと思ってるよ」

キックといえば、そういえばダンク姐さんを裏ギルドから連れ出して二時間近く経つのではないだろうか。

「ダンク姐さん、キックが待ってるよ。もうそろそろ戻らないと」

「え？　もうそんな時間？　早いわね。じゃあ、もう少しゴブリンや他の魔物を倒してレベルが上がったら、また訓練しましょ」

ダンク姐さんは目にも止まらぬ速さで上に駆け上がっていった。俺もそろそろ宿に向かうか。灰の灰汁がどうなったか気になるしな。

宿屋に帰り着いて、灰の入った桶に手を突っ込んでみると、ちょっとヌルヌルしていて、良い感じに仕上がっていた。

あとはコレを濾すだけだ。女将に洗い物を借りて試すとしよう。

女将に洗濯物を借りようと試みたが、借りることができなかった。なぜならば、他の宿泊客のは論外で借りられないし、女将のは下着や上着とか、知らない男にはあまり触らせたくない物ばかりだったからだ。仕方なく明日、ぶっつけ本番で洗濯の依頼を受けて使ってみるしかないと思い、早速裏ギルドに向かった。

「あら？　ミーツちゃん、どうしたの？　何か伝え忘れた？」

ダンク姐さんが受付で、少し驚いた表情で出迎えてくれた。

「いや、普通に依頼を受けに来たんだけど。洗濯の依頼あるでしょ？　それを受けに来た」

「そういうことね。表には依頼が出てないものね。いいわ、これよ。前回と一緒だから分かるわよね？」

ダンク姐さんは前回と同じ木札をくれた。

「よし！　これでようやく試せる」

「何を試すのかしら？」

「また報告するよ」

「なんのことだか分からないけど、楽しみにしてるわね」

裏ギルドを出るとき、軽くダンク姐さんに手を上げて宿に帰った。

翌日、朝から例の井戸に灰汁の入った桶を持って向かうと、やっぱりいつもの婦人方がいた。

「おはようございます。今日はよろしくお願いします」

朝の挨拶をし、前と同じご婦人に木札を渡した。

今回は、嫌な顔をされず、汚い物でも触るかのような手付きもされず、普通に受け取ってくれた。

なぜだろう。洗濯だから、今回も前回と同じパンイチでやってきたのに、対応が違うことに驚いた。

でもまあいいやと思い、灰汁を使いはじめたところで、周りの婦人や同じ依頼を受けた人たちが興味深く見てきた。だが、そんなことはお構いなしに灰汁を使って洗っていく。

最初の洗い物はすぐに終わり、二人分目、三人分目とこなしていく。前回と一緒で、十人分を終わらせた。灰汁の効果もまずまずのような気がする。

そして、あることに気が付く。前回より早くて疲れていないのだ。ゴブリン倒してレベルが上がったのかもしれない。後でステータスを確認しておこうと思った。

それにしても、まだまだ灰汁はあるし、体力もあるから、他の余ってる洗濯物もこなしていき、ようやく灰汁がなくなったところで、洗濯をやめた。

終わってみると、全部で三十人分をやってしまっていた。前回が十人分で銅貨一枚だったから、今度は三枚かなと思ったが、銅貨五枚もくれた。

不思議に思って、つい聞いてみた。

「あの、どうして銅貨五枚なんですかね？　三十人分くらいだから、三枚じゃないのですか？」

すると、婦人の一人が答えてくれた。

「今日のは数が多いのと、汚れが酷かったからよ」

なるほどな。全然気付かなかった。やはり疲れを感じないのは、自分の身体に何かがあったからに違いない。

「そうだったんですね。では、失礼します」

そう婦人方に頭を下げて、その場を小走りで立ち去った。さっさと去ったのは、婦人方と同じ依頼を受けた人たちが、俺が使っていた液体について何か聞きたそうにしていて面倒そうだったからだ。

第二十一話

宿に帰って、貴族での依頼でもらった服にすぐに着替え、残りの灰を桶に突っ込み、再度放置した。

今日は、昨日魔法で出した薬草をまた出せるか試そうと思っていた。今現在、想像魔法の検証をするために宿に篭(こも)ってる状態だ。

まず、昨日出したヨモギを再度想像した。すると、同じ物が出てきた。今度はドクダミを想像する。やっぱりドクダミも、同じように出てきた。

想像魔法は見たことがある物ならなんでも出せるのかな？

どこかできちんと検証する必要があるかもしれない。

とりあえず今は、ＭＰの残量ギリギリまでドクダミとヨモギを出しまくる。結果、それぞれドクダミとヨモギの束を百個ずつ出せた。

しばらく休憩して、今現在のステータスを見てみる。

《名前》ミーツ
《年齢》40歳
レベル10
ＨＰ１２００／１２００　ＭＰ２０００／２０００　筋力４００　体力３００　魔力２００　敏捷度１１０　運10
《スキル》
想像魔法　ステータス成長：１００　＊＊＊＊＊
《称号》
異世界人　勇者召喚に巻き込まれた一般人　常識ない者　＊＊＊＊＊

なんだか、スキルが増えている。『ステータス成長：１００』ってなんの意味だろうか？　あと、増えたスキルの下にまた＊＊＊＊が出てきた。今度は何が出てくるんだろうか。

そして、ステータスの数値がイカれていた。

ゴブリンを倒す前までＨＰ１２０とかだったのに、最近ＭＰしか見てなかったから、ここまで増えているなんて思いもしなかった。

自分のことながら恐ろしくなる。

ただ、これでもまだ、昨日ダンク姐さんにデコピンだけでコテンパンにやられた。今のところは、ダンク姐さんの方が化け物レベルで強いってことなんだろう。

とりあえず、この薬草をギルドに売りに行ってみるかな？　どのくらいの品質なんだろう？　見た目瑞々しいけど、いや、待てよ。これだけの数を持っていったら、絶対また目をつけられるな。

直接、薬草師のところに持っていくか、あるいは雑貨屋の老婆に持っていってみてもいいかもしれない。


手始めに雑貨屋に持ってきた。風呂敷代わりの布を買うことも考えていたからだ。

「すみませーん」

「今日はどうしたんだい？」

「少しでいいんで薬草を買い取ってもらえないですかね？」

「ウチは雑貨屋だよ。薬草なんか扱わないよ」

「ですよねー。では、また同じ大きさの布をください」

やっぱりダメだったか。ゲームのＲＰＧのようにどこでも売れたりはしないようだった。

「はい、毎度ね。またおいでよ」

「はい、また来ます。ちなみに、薬草師はどのあたりに行けば会えます？」

「ウチの五軒隣だよ」

「ありがとうございます」

店主の老婆は親切に教えてくれた。教えてもらったところに向かうと、見た目は凄くボロい掘っ建て小屋がある。いつ崩れてもおかしくなさそうだった。

小屋に近付くと、微かに薬草っぽい匂いが漂っていた。扉をノックする。すると、扉にヒビが入って壊れてしまう。イカレたステータスのせいで力加減間を違えたかもと焦っていると、ボロ小屋の主人らしき杖を持った老人が出てきて、こちらをギロリと睨んだ。

「これをやったのはあんたか？」

「はい、私です。扉の弁償はしますが、今はあまり手持ちがないので、分割で弁償金を払います。元々ここに来たのは、薬草の買い取りをお願いしたかったからなのですが、無理そうですね」

「いや、元から壊れていたからいい。薬草の買い取りって、ギルドに行かないのか？」

優しい老人のようで良かった。元から壊れていたと聞いて、自分の力加減が間違ってたわけじゃないことが分かり、ほっとする。

「ちょっとわけありで、今持っていくと色々疑われる可能性が高く、ギルドには持っていきづらくてですね」

想像魔法のことは隠して、正直にギルドに持っていきたくないことを話した。

「とりあえず、見せてもらおうか」

言われた通り、風呂敷に入れておいたドクダミとヨモギを五十束ずつ出すと、老人の目がカッと見開いた。

「なあ、あんた、こんな上等な物をどうしたんじゃ？　こんな物、ウチじゃ買い取れない。薬にして売った後でもいいなら支払えるが、そんなお人好しなんてそうそういないじゃろうし、よそに持っていきな」

「支払いは薬にして売った後でもいいですよ。どのくらいで売りに出せそうですか？　それと、どのくらいの額で買い取ってもらえます？」

「作ればすぐにでも売れると思うが、数が数じゃし、三日もあればできると思う。一つあたり銅貨五枚～十枚でどうじゃ？」

へえ、意外と高く売れるんだな。そもそも、魔法で出した物だ。全く問題なく、この老人に売ることを決めた。

「じゃ、また後日来ます」

「お、おい。こら、いいのか？　簡単に信用して」

「はい、私はあまりこのあたりの人を疑いたくないと思ってますので、また来ます。もし、持って逃げられたら、私の見る目がなかったってことなんで、気にしないでください」

「フハハハハ！　なんとも変わった者じゃや。なるべく期待に応えるようにしよう」

「では、失礼しますね」

「ああ、また来てくれ」

老人に手を振りながらボロ小屋を離れたが、彼はこちらを見向きもせずに、手元の薬草を見てニヤニヤしながら部屋の奥に入っていった。

残り五十束ほどあるが、ギルドに持っていけば、やはり問題になる可能性が高い。

では、どうするか。毎日外に出て十束ずつ採取してきたことにすれば、怪しまれないかな？

とりあえず、今日の分として持っていこう。


というわけで、二階受付に来た。

「あ、今日もモアさんだったんですね。こんにちは、薬草を買い取ってもらいに来ました」

「こんにちはミーツさん。この薬草、やたらと瑞々しいですね。どこで摘んできたんですか？　これですと、一束につき銅貨三枚で買い取ります」

お、今のところ怪しんでないな？

ヨモギで一束が銅貨三枚なら、ドクダミはいくらかな？　同じくらいだろうな。だが、軽い気持ちでドクダミも十束出したら驚かれた。

「これは、どこで摘んできたんですか！　先程の薬草もですが、あまりに品質がいいじゃないですか！　このあたりではこんな上等な物は採れません！　ヨモギは、森に入ればそのあたりに生えていますが、ドクダミはあまり見つけられないんですよ！　それを十束も出して、全てたった今摘んできました、なんて言われたら、誰でも驚きますよ。それに、どこで採取してきたのかも気になります」

凄い早口で捲し立てられた……しまったな。十束でも多かった上、どこで採取したかなんて言えるわけがない。秘密にして有耶無耶にしよう。正直に言えば面倒事になるのは間違いないだろうし。

「どこで採取したかは秘密です。ギルドに買い取ってもらえないなら、個人的に直接薬草師のところに持っていくか商人に売りに行きます」

「分かりました。では、このヨモギは一束あたり銅貨三枚、ドクダミは一束あたり銅貨四枚、それぞれ十束ずつで合計鉄貨七枚でどうですか？」

宿屋二日分の金額か、悪くない。元が自身のＭＰと魔力で出した物だ、たとえ安くても問題ない。

「はい、それで大丈夫です。これから一応ギルマスのグレンさんのところに行って、色々な報告も兼ねて、薬草のことも伝えますね」

「え、ちょっと、勝手なことしないでください」

モアが言い終わる前に、俺はグレンのもとに向かった。

第二十二話

ギルドマスターの部屋に着いた俺は、グレンに魔法で出した薬草を売ったことを報告した。

「で？　今度はなんだって？」

「だから、魔法を使ってこれを出しました。それで、下で十束ずつ売ってきました。いきなり五十束出すと面倒事になると思ったんですけど、十束でも面倒な感じになりましたね」

残りの薬草を四十束ずつ出しながら、受付での出来事をグレンに話した。

「はー、またお前は……」

「本当は百束出しましたけど、さすがに百はやりすぎたと反省してます。だから、五十束は自分で捌きました」

「……どこで捌いた？　裏のヤツなら俺でも手が出せないぞ」

「多分、いい人ですよ。雑貨屋のお婆さんのところの五軒隣にある、ボロ小屋の薬草師です」

「それ、そんな約束してないって言われたらどうするんだ？　どうせ、なんの証文も取ってきてないんだろ？」

「はい。何も取ってきてないですね、口約束だけです。もし、その人が約束を守らない人だったら、私の見る目がなかったというだけなんで、気にしないですね。まあ、あの薬草師がこちらに危害を加えようとしてきたら、さすがに許しませんけど。薬草も魔法で出しただけなんで、元手はゼロだから気にしません」

「……はー、分かった。とりあえず残りの薬草を出せ。俺が買い取ってやる。希少な薬草もお前なら出せそうだな」

「多分、出せますよ？　でも、物によっては魔力が足りなくて出せない可能性があります。どんな薬草ですか？　あと、私の知ってる物か、見たことあるやつしか出せませんね」

「出せるのか……。もう、常識がない云々の問題じゃないな。ではまず紫蘇の葉を出してもらおうか」

「紫蘇の葉ですね。出せると思います」

グレンは頭が痛いのか、片手を額に押しつけながら、紫蘇の葉の要求をしてきた。俺はそれに応えるように、魔力を体内で練って、纏めて出す想像をした。すると紫蘇の葉が二百枚ほど出てくる。その代わり一気にＭＰを持っていかれる。急に身体が重くなり、高熱が出たときのような気怠さに襲われる。

「もう驚かないつもりだったが、やっぱり非常識な魔法だな。そんな物を市場にもギルドにも、簡単にホイホイ出したら、えらいことになるのは間違いない」

「そうなんですか？　ちなみにこれってなんのアイテムの材料なんですか？」

「これは、お前も飲んだことがあるＭＰ回復薬の材料となる薬草だ。もういい、金に困ってきたら俺のところに売りに来い！　それ以外はいい歳なんだ、自重しろ！」

グレンは疲れたような声を出しながら金庫らしきところに行き、お金を取り出して麻袋に入れて、こちらに投げてきた。麻袋を受け取ると、ズッシリと重たい。いくら入ってるのか見てみると、金貨二十枚と銀貨二枚と鉄貨八枚が入っていた。

「え？　こんなに？　紫蘇の葉ってこんなにするんですか？」

「本当はもっとするが、魔法で出したんだ、そのくらいでいいだろうが。この紫蘇の葉に手を加えると、あの回復薬になる。お前の顔を見ると疲れる。頼む、お願いだからもう出ていってくれ」

「分かりました。では失礼します」

受け取った金額が多すぎる。さすがにこの金額は持ち歩きたくないため、ギルドに預けることにした。

受付で口座を作ろうとしたら、既に口座はあって、鉄貨二枚が預けられている状態であることが分かった。

俺がギルドに登録した日に、ダンク姐(ねえ)さんが口座を作り、鉄貨二枚を預けてくれたらしい。

だが、預けるのも引き出すのも口座を作るのも、ギルド証が必要だったはずだが……まあ、何か裏技的なことをやったんだろうと、あまり深くは考えないことにした。

とりあえず、手持ちの金貨二十枚をギルドに預けた。ギルドから外を見ると日が傾いていたから、今日のところは依頼票を見るだけで帰ろうと思った。

『薬草採取』毎日常時依頼＝一束につき銅貨二枚

これは除外していいな。

『ゴブリン退治』毎日常時依頼＝一匹につき銅貨三枚

まあ、これも除外だな。

外に出ることがあれば、嫌でも遭遇することになるだろうからな。そう、ゴブリンとは、日本でいうところのゴキブ……Gと同じようなモノなのだ。

一匹見たら百匹はいると言われるほど繁殖力の強い魔物なのだ。

人型の女性が相手なら、人間やオークなどを問わず、繁殖が可能らしい。だから、上位種になる前に狩ることが絶対らしい。

女性と性行為をしたら二週間で子供が産まれ、一週間で成体になると言われている。

しかも、毎回二、三匹産み落とし、産んだらすぐにまた性行為をするといった、とんでもない生き物だ。

そりゃあ駆除対象にもなるはずだと、この話をニックから聞いたときは思った。

え～と、他の依頼は、と探すと、また商人の子供の子守りがあった。商人が忙しいのか、子供に問題があるのかは分からないが、これも除外していいな。他に俺ができそうな依頼を探したところ、護衛の依頼があった。ランクは問わないと書いてあるから、俺でも大丈夫だな。

えーと、ここから隣の村までで、期間が二日。報酬は鉄貨六枚か。悪くないけど、定員が五名になっている。

まだ大丈夫か聞いてみるかと、受付に並んだ。

また、モアだった。モア率高いな。

「今度はどうされました、ミーツさん？」

「この依頼はまだ、大丈夫ですか？　大丈夫なら受けたいんですが」

「あ～、その依頼ですね。まだミーツさんには早いんじゃないんですか？　一応確認してみますね」

モアは後ろを向いて、他の職員と話しはじめた。

少しして再度こちらに向き直った。

「確認が取れました。大丈夫です。ちょうど、あと一人でした」

「なら、受けます。どこに向かえばいいですか？」

「でしたら、明後日の朝、最初の鐘が鳴る頃に冒険者の門に集合してください。そして、この木札を依頼主に渡してください」

裏ギルドの依頼のときにももらった木札を受け取る。

「分かりました。ありがとうございました」

俺はモアに軽く頭を下げて、ギルドを後にした。

このときはまさか、翌日に彼らと再会するとは思いもしなかった。

第二十三話

城から許可をもらい、冒険者になるべく、士郎たち四人はギルドを目指していた。

「士郎さん、ハーレムだね？　女の子にこんなに囲まれて嬉しい？」

「愛ちゃん、全然嬉しくないよ。むしろ淋しく感じる。男が僕しかいないなんて」

「ふふ、追放されたおじさんを見つけたら、士郎さん一人じゃなくなりますよ」

綾は士郎をからかい笑った。でも士郎は内心、頼りない姿のおじさんを思い出していて、もし会っても大した助けにならないのではないかと、綾の言葉に苦笑いしていた。

「でも、仲間になってくれるとは限らないんじゃない？　おじさんはすぐに追放されて、私たちは安全な城で常識を学んで、お金に装備までもらっているんだから」

「もう！　アリス、なんでそんなこと言うの！」

「現実的に考えてるだけよ」

愛とアリスがおじさんについて言い争う。今にも愛がアリスに手を出しそうだったので、年長者の士郎が二人の間に入り、まだ冷静だったアリスを愛から離した。

そうして士郎はまだ少し怒っている愛を宥(なだ)めつつ、冒険者ギルドに向かう。

「あっ！」

「愛ちゃん？　どうしたの？」

愛は突然立ち止まって、一点を見つめた。綾が尋(たず)ねるが、愛は振り向きもせずに見つめ続ける。

「今、おじさんと同じ革ジャンを着た人が歩いていた。六人組で！　おじさん、多分、服をあの人たちに取られちゃったんだと思う」

たまたまそういう服を着ている人なのかもしれないし、そうではないかもしれないが、愛は思わずその人のところに走っていった。

「あ、愛、行っちゃった。士郎さん、綾さん、早く追いかけましょう！　あの子を一人にすると、何するか分かりませんよ」

呆気(あっけ)に取られていた士郎と綾は、アリスの言葉にハッとし、愛を追いかける。

すると、表通りと違って寂(さび)れたところに行き着いた。三人がおそるおそるあたりを見回せば、愛がチンピラに向かって怒鳴(どな)り声を上げていた。

「その服、あなたたちのじゃないでしょ！　元の持ち主に返しなよ」

「ケケケ、お嬢ちゃん？　ダメだよ～？　こんなところまで来ちゃあよ」

愛の胸元にチンピラの一人が手を伸ばすが、愛はその手を払いのけ、拳ほどの大きさの火の魔法をその男の顔に放った。

　男はヨロヨロと顔を押さえて呻き声を上げ、近くで笑っていた仲間たちは真顔になり、拳の関節を鳴らしながら愛に近付く。士郎は慌てて愛の前に立ったが、チンピラの風貌と人数に恐怖し、足がガクガクと震えていた。

　そんな中、士郎の後方から再び、先程と同じくらいの大きさの火の玉が飛び出してきて、おじさんの服を着ていた男の顔面にも命中した。だが、男は軽く呻いただけで、すぐに怒りの表情に変わる。

「何しやがる、このガキ」

「リーダー、犯しちまおうぜ！　ちょうどここは人気がないんだ。念のために、もうちょっと裏に連れ込めばいいだろ」

「さて、俺たちにやったことを後悔しながら泣き叫べよ。フヒヒヒ、女の数は二人足りねえけどな」

　最初に火の玉を当てられたチンピラは、いまだに顔を押さえていたが、他のチンピラはそれぞれ犯そうとしているターゲットを掴んで笑い合っていた。『女』の中に士郎も含まれていることに、士郎自身は気付いていない。

　士郎はせめてもう一人男性がいれば戦局も変わるのにと考えていた。仕方なく自身の拳を握り締め、一番近くにいるチンピラに殴りかかるが——多勢に無勢で、拳が届く前に簡単に取り押さえられてしまう。

そして、下半身の衣服を脱がされてしまった。士郎は、愛だけではなくアリスや綾すらも守れなかったことを悔やんで目を閉じた——そのとき、突然現れた金髪の男が、士郎を取り押さえているチンピラに体当たりを食らわせた。

「おい！　お前たちの敵う相手じゃない、離れて見ていろ」

金髪の男は、地面に倒れている士郎に向かって怒鳴ると、チンピラどもに軽めの光魔法を放つ。すると、光を浴びたチンピラは目を押さえて地面に転がり、残りの者は金髪の男によって次々と殴られていく。士郎が再び顔を上げると、チンピラたちは全員、気絶していた。

そんな男の姿に、士郎は頭がポーッとなりながら見惚れていると、一番先に目を覚ましたチンピラが、仲間を見捨て逃げていった。

「おい！　大丈夫か？　ミーツと同じ黒髪だから助けてしまったが、ミーツと同じ世界の人間か？」

士郎はミーツが誰のことだか分からなかったが、どうも金髪の男には日本人の知り合いがいるようなので、とりあえずのところ頷いておいた。

「そうか、それならミーツがいる宿屋に向かうぞ。話はそこですることにしよう」

「あの、すみません、助けてくれてありがとうございます。先にお名前を聞いてもいいですか？」

士郎は男性に名前を尋ねた。

「俺はシオンだ。多分お前たちと同じ世界から来たであろう男の仲間だ」

こうして士郎たちはシオンに引率されて、宿屋に向かうのだった。

第二十四話

少し寝すぎてしまい、目覚めてからベッドの上で上半身だけを起こした状態で、ボーッとしていた。

何やら下の階から、シオンの声が聞こえてくる。誰かと話しているのかと思っていたら、扉を叩く音と同時に、シオンが部屋に入ってきた。

「俺だ！　入るぞ」

「シオン、普通返事があってから入らないか？　なに、ノックとほぼ同時に入ってるんだよ」

「ダンクじゃあるまいし、何言ってんだ。いい歳こいたおっさんがよ」

「まあいいや。それでどうしたの？　朝から」

「朝からってお前、もう昼だぞ。お前の同郷らしきやつらを助けたから連れてきた」

同郷ってことは、城にいた高校生たちか？　いや、待てよ。同郷といっても顔以外は知らないが……。なんでシオンがここに連れてくるんだ？

「おい、入ってこいよ」

シオンが扉の向こう側に声をかけると、あのとき城にいた高校生の女の子二人とカラオケ屋の店員二人がおそるおそる部屋に入ってきた。

「あ、あのときの子たちだ」

「やっぱりな。黒髪だし、絶対お前と関わりがあるやつらだと思ったんだよな」

「シオンさん、ありがとうございました」

確か今シオンにお礼を言ったのは、カラオケ屋の男性店員だ。シオンにお礼って、何があったんだろうか。

「いいってことよ。じゃ、またな」

そう言い残して、シオンはさっさと出ていってしまった。

「どうしてシオンに助けられたんだい？」

「私が説明します。私のせいで危険な目に遭（あ）いましたから。私がおじさんの革ジャンを着た人を見かけて、おじさんが剝（は）ぎ取られたんじゃないと思って、返してって突っかかったら、逆にやられてしまって、ピンチになっちゃったんです。そのときにシオンさんが助けてくれたんです」

「早口の上、あまり説明になってないからよく分からないけど、要約すると、君たちがピンチになって助けたのがシオンだったたってことだよね？　それで君は？」

「君は？　って私？　私の名前は『桜乙女愛』です。今は愛ってだけ名乗ってます」

「そうか分かった。じゃあ自己紹介するよ。俺の本名は『真島光流』。でも今はミーツって名乗っているよ」

「やっぱり、こっちの人たちで名字があるのは貴族だけなんですか？」

「今のところ、名字持ちはみんな貴族だけのようだね。で、君は？」

「私は『浜崎アリス』っていいます。今は私も、下の名前だけでアリスと名乗ってます。そしてこちらの女性が『山本綾』さんで、同じく綾さんと呼んでいます」

「で？　そちらの男性は？」

「僕は『川野士郎』です。お分かりの通り、僕たちはそれぞれみんな下の名前で呼び合っています」

「あれ？　他にもいたよね？　どうしたの？　城のクズどもに拘束された？」

「さすがですね。それに近いものと思います。私たちの友達の女の子に勇者がいまして、城の人が傀儡(かいらい)にしようとしてたので、男の子二人を護衛役として残してます」

　アリスと名乗る子が説明してくれたが、やっぱり城のやつらはクズどもだった。

「お願いします。助けてください！」

「愛さん、助けてあげたいのは山々だけどね。明日から護衛の依頼を受けちゃったんだ。それで君たちは、冒険者にはもうなったのかい？」

「まだ、なってないです。愛がおじさん……ミーツさんを捜すって聞かなくて」

「そうか、ごめんね。俺もこうして宿に泊まれるようになったのは最近なんだ。それまでは残飯食べたり、屋根のないところで野宿していたんだよね。冒険者になれたばかりで、お金は多少余裕ができてきたけど、他人を、しかも城のやつらから人を助け出せるだけの力は、今のところはまだ持ってない」

「そうですか、ごめんなさい。こちらの言い分ばかりで、ミーツさんの状況を考えてなかったです」

「アリスさん、いいよ。お金なら多少余裕はあるし、お城にすぐ帰りたくなかったら、ここに数日は泊まれるくらいの支援はしてあげられるよ。多分部屋はまだ空いてるはずだから、あとで女将（おかみ）さんに聞いてみるね」

「すみません、ありがとうございます。では、支援をありがたく受けさせてもらいます」

「士郎さん！　さすがにそれは、甘えすぎじゃないんですか？」

「でも綾ちゃん、僕たちがもらったのは銀貨五枚だよ？　それくらいすぐなくなっちゃうよ」

「そうだね。とりあえずここで待っててくれないか？　聞いてくるから」

部屋から退出後、扉を閉めてから耳を当てる。俺がいない間に、あの子らはどんなことを話すのかを聞いてみることにした。正直、彼らを全面的に信用できるほど、俺はお人好しじゃない。ここの世界の人ならまだしも、同郷の人間は逆に気を許せないんだよな。警戒はしておいた方がいいだろう。

「城のことは断られちゃったけど、いい人だよね」

「うん、そうだね、愛、私もそう思った。でも、助けてもらえないかどうかはまだ分からないよ。さっき、今のところはって言ってたから」

「そうだね。でも、ミーツさんにどんな力があるかも気になるよね。ね？　士郎さん」

「ん？　僕？　いや、僕はミーツさんよりも、シオンさんの方が気になるよ、綾ちゃん」

「んん？　まさかと、思いますけど、士郎さんってそっちの人ですか？」

「そうだよ、愛ちゃん。シオンさんに一目惚れしちゃったよ」

「「「えぇぇぇぇぇ〜〜〜！」」」

女の子たちの驚いた声に耳が痛くなり、何を話しているのかよく聞こえなくなった。でも、悪いことを企んでいる風ではないな。

あまり遅いと怪しまれると思って、急いで宿の女将に空き部屋があるか確認を取る。

そして、何食わぬ顔で部屋に戻った。

「ん？　どうしたんだい？　なんかにぎやかだけど。部屋は空いてるって。だから、女の子たち用に三人部屋一部屋と、男性の一人部屋一部屋を借りてきたよ。ああ、お金はとりあえず十日分払ってあるんで今日はこのまま、ギルドに登録しに行きなよ。なんなら、君たちの冒険者登録についていってあげようか？」

「やったー、ありがとう、おじさん」

そう元気な声で愛さんが返事をした。しかし、ミーツさんから、もうおじさん呼ばわりか。

「じゃあ、ちょっと顔洗うから待ってて」

俺はそう言って、いつものように洗面器より少し大きめの桶に想像魔法で水を溜めて、顔を洗った。洗った水は誰もいないことを確認したのち、窓から外に廃棄する。

そして、待たせているみんなの方に振り向くと、彼らは驚いた顔で俺を凝視していた。

しまったな、いつもの癖で使ってしまった。

水魔法を使ったことにしておこう。

「今のは、水魔法ですか？　でも、私の知っている水魔法とちょっと違って見えたんですけど、違う魔法ですか？」

「アリスさん、そうだよ、水魔法だよ。魔法も、自分が知っていることだけが全てじゃないよ」

「そうですよね」

「そうだよね。おじさん！　ギルドまでの案内、よろしくお願いね？　アリスも納得いかない顔してないで、行こ？」

「おじさんか、まあいいか。姪っ子と大して変わらないくらいの年頃だし。じゃあ、ついておいで」

宿を出て、ぞろぞろとギルドに向かった。

途中で、ダンク姐さんと会った。

「あれ？　ダンク姐さん、どうしたの？　こんな時間にこんなところで」

「あら？　ミーツちゃん、可愛いらしい仔猫ちゃんたちを連れてどうしたの？　ってあら？　この子たちってもしかして、ミーツちゃんの同郷？」

「そうだよ。ギルドに登録しに行くところだよ。ダンク姐さんは、特別許可証を出せたりするかい？」

「あれは、お兄ちゃんしか出せないから、あたしに言っても出せないわ」

「分かった。それならまた。今度また訓練付き合ってね。直接グレンさんのところに行ってみるよ。じゃあ、みんな行こうか」

手を上げて歩き出そうとしたところで、ダンク姐さんが哀しそうな声を出して再度話しかけてきた。

「あらあら、紹介してくれないのね。あたし、悲しいわ」

「あー、そうか、悪かったね。それなら紹介するよ。でも、こんなところじゃあね」

「なら、特別許可証を含めて、お兄ちゃんのところに行きましょ」

「おじさんって濃い人と知り合いなんだね」

「うん、完全にオネエだしね」

「コラコラ、愛さんにアリスさん、オネエを変な目で見てはダメだよ？　俺たちの世界にもいただろ？　君たちの周りにいなかったってだけで、大人になれば自然とそういった店に行ったり、友達になったりとかするもんだから、変な目で見ては絶対ダメだよ」

「あらあら、嬉しいわ。やっぱりミーツちゃんは素敵よね。シオンちゃんの次の次くらいに」

「士郎さん、ライバルですね」

愛さんが何やら不穏なことを言った気がする。

「うん」

それに反応して返事をする士郎君も気になるが、聞かなかったことにしよう。

そうこうしているうちにいつものギルマスのグレンの部屋に着いた。

「さあ着いたよ」

グレンの部屋をノックし、いつものように入った。

「シオンといい、ダンクといい、お前たちは気軽にギルドマスターの部屋に来すぎだ。お前はまだ、魔法のことがあるからいいが」

「あら、お兄ちゃん、ミーツちゃんに何か出してもらったの？」

「今、話すことじゃないな」

「あー、そうね、そうだったわね」

「じゃあ、ダンク姐さんにグレンさん、紹介するね。俺と一緒の世界から来た、こっちの女の子から愛さんとアリスさん。そしてこちらが綾さんと士郎君」

「仔猫ちゃんたちは、愛ちゃんにアリスちゃんに綾ちゃんね。覚えたわ。それで、恋のライバルになりそうな男の子が、シロちゃんね」

ん？　ライバル？　ダンク姐さんは、何言ってんだ？　しかも、士郎じゃなくシロ？

「士郎って名前はあまり聞かないから、シロちゃんでいいでしょ、ミーツちゃん？」

「士郎君がいいならいいけど、どうかな？　士郎君？」

「全然いいですよ。ダンクさん、ではたった今から、僕のことをシロと呼んでください。ダンクさんとは恋のライバルですし」

え？　そうだったんだ。やっぱりさっきのは聞き間違いではなかったんだ。うん、まあ仕方ないことだよね。このことはシオンには黙っておこう。

「グレンさん、俺の同郷ってことで、特別許可証は出せませんか？」

「後でタダで頼みごとを聞いてくれるなら、出してやろう」

「『おー、おじさん（ミーツ）さん凄い！』」

何やら全員に尊敬の眼差しで見られてしまった。こうして特別許可証を出してもらってから、この子たちをモアに預けて再度グレンのもとに戻った。頼みを聞くためにだ。

第二十五話

「それで、今度は何を出したらいいですか？」

「さっきはタダでと言ったが、ちゃんと報酬は出すぞ。同郷の者たちの手前、格好をつけたかっただろうから、ああ言ったまでだ」

「そうですか、気を遣ってもらってありがとうございます」

「何？　何を出すの？　ミーツちゃん」

「お前は黙って見ていろ。そうだな、実物を見ないと出せないって言っていたな。エリクサーっていう万物に効くとされている万能薬がここにある。これは伝説級の薬なんだが、いけるか？」

「やってみます」

グレンがエリクサーという薬の小瓶を机の上に置いた。俺は同じ物を出すよう魔力を身体に循環させていく。そして想像してみるが、どうしても出せなかった。小瓶だけなら多分出せると思うが、中身についてはどんな効果があるかも分からないし、飲んだこともないから無理そうだ。

「無理でした。多分魔力が足りないのと、その薬がどのようなものかがよく分からないせいかと思います。その容器だけなら出せます」

「さすがに無理だったか。分かった。それなら、これはどうだ？　お前も飲んだことがあるＭＰ回復薬だ」

それならできるかもと思って、再度体内の魔力を循環させ練りはじめる。すると、飲んだことあるやつだからなのか、今度は出せた。グレンの机の上に一個一個置いていき、全部で十個。

「効能が同じかは分かりませんが、とりあえずこれだけ出せました」

「え、ミーツちゃんの魔法って、こんなのも出せるの？」

「効能が同じかは分からないか。では、とりあえず飲んでみるか」

グレンは机の上から一個を手に取り、グイッと一気飲みをしてから……溜息(ためいき)を吐(つ)いた。

「は～、やはりお前の魔法は規格外だな。以前にお前に飲ませた回復薬より強い効能だ。こんなの市場に出せないぞ。仕方ない、これは俺が秘密裏に処理する。今回は特別許可証も出してやったことだし、金貨二十枚でどうだ？　少し安めだが」

「いやいや、そんなにもらえないですよ。そうですね五枚くらいでどうです？」

「さすがミーツだ。それなら今日はそれだけにしておこう。次にまた頼むときは多めに金を出してやる。昨日の今日で、あまり金庫の中身がないからな」

グレンは既に用意していた小さな麻袋から、金貨五枚を取り出して俺に手渡した。

「では、そろそろあの若者たちのところに行きますね。もう登録が終わってる頃だと思いますので」

「ああ、行ってこい。ダンクも用事が済んだだろ？　お前も出ていけ」

「ええ分かったわ。お兄ちゃん、ミーツちゃんもまた今度訓練しましょ」

「俺は明日から護衛の依頼が入ってるんだよね。だから帰ってきてからでいいかな？」

「なんだと？　護衛の依頼だと？　護衛自体はいいが、くれぐれも魔法の使い方には気をつけろよ？　お前は抜けてるからな」

「あたしも、ついてっちゃおうかしら？」

「お前は裏ギルドの仕事があるだろうが！」

「ぶー、お兄ちゃんの意地悪」

「こんなこと、意地悪なんかで言うか！」

「ははは、じゃあ今度こそ行きますね」

俺がギルマスの部屋を出ても、二人はまだ言い争っているみたいだ。廊下にダンク姐さんの声が丸聞こえだった。扉を向いて、グレンに合掌した。

さて、まとめて四人の冒険者登録を担当しているモアも大変だろうってことで、差し入れでも持っていこうと思う。

差し入れは何がいいか考えた結果、女性だし甘い物かなという結論になった。出せるか分からないが、物は試しで元の世界でもよく食べていたプリンを強く、そして精細に想像しながら体内の魔力を練り、手の平に集中させていく。

すると、想像した通りの、大きな容器に入ったプリンが手の平に出てきた。

「もう、なんでもアリだな」

独り言を呟いてしまうレベルで、自分自身でもやばいと感じてしまった。

先程グレンに言われてＭＰ回復薬を出した俺が言うのもなんだが、こんな物を市場で出したら、えらいことになるのは間違いない。

俺が望んで出したものだが、さすがにこれは渡せないよな。俺は再度グレンのもとに戻り、プリンを二つ分出す。そして、「ダンク姐さんと食べてください」と告げた。

グレンとダンク姐さんはまだ口喧嘩をしていたが、俺がプリンを机の上に置くと、二人ともポカーンとプリンを眺めていた。

説明も面倒だと考え、二人が口を開く前に部屋から退出し、二階に下りて人目の付かない場所に移動して、今度はゼリーを出す。ゼリーならこの世界でもありそうだから、問題ないだろう。そう思っていたのだが、ついうっかりイメージしてしまい、具だくさんのフルーツゼリーを出してしまった。しかも大きな容器に盛られたものだ。

これを渡していいものか迷ったが、まあいいか。モアに渡すなら、あの若者たちがいなくなってからがいいだろうな。それまで風呂敷に包んで持っていようと思った。

「はい、それでは終わります。皆さん、頑張ってくださいね」

俺がギルド登録をする部屋に到着したとき、タイミングよくモアが扉を開けて、若者たちが出てくるところだった。

「あ、おじさん、待っててくれたの？」

俺のもとに、愛さんが小走りで来た。

近くでよく見ると、本当に高校生かと思うくらい、小さい子だった。

「お疲れのモアさんに差し入れがあるから、先に宿に帰っていていいよ」

そう言って俺が差し入れの入った布を掲げると、アリスさんが「何々？」と興味津々でやってきた。

「なんでもないよ。ただ、最近いくつか迷惑をかけちゃったし、そのお詫びを兼ねての差し入れだよ。ってことでモアさんだけ、ちょっと再度部屋に入ってもらっていいですか？」

「分かりました。危険なことはないのですよね？」

「もちろんです」

扉を開けてすぐに、誰も入ってこられないように閂を下ろして鍵をかけると、モアは数歩後ずさって、ギルド登録時に使ったテーブルの向こう側に回った。おそらく俺が襲うと思ったんだろう。

「あまり、人目についたらよくない物を渡そうと思ったので、部屋に鍵をかけました。差し入れで持ってきたのはこれです」

布ごとテーブルに置いてそれを捲ると、窓からの光でキラキラと輝くゼリーが姿を現した。

「え？　これ、なんです？　キラキラと光ってますが」

「私の故郷のお菓子で、ゼリーと言います。スプーンですくって、他の皆さんとでも食べてください。器はさすがに無理ですが、中に入ってる果物も全部食べられますから、どうぞ」

モアは警戒しながらもゼリーに近付き、うっとりした目で眺めた。

「そういうことなんで、この布はこのまま差し上げますので、ギルドの休憩所まで隠して持っていった方がいいと思います。では、失礼しますね」

「あ、ありがとうございます。正直、襲われるのかと疑ってました。でも、こんな素晴らしい物をもらえるなんて、思いもしなかったです」

「それは良かったです。ゼリーは早めに食べるのをお勧めします。では、今度こそ失礼しますね」

モアに頭を下げて部屋を退出し、雑貨屋に寄って今度は大きめの布地を買った。

想像魔法で出そうと思えば出せると思うが、お金の余裕もできたし、雑貨屋の婆さんとももっと仲良くなっておきたかった。

ついでに服も買おうと思い服屋を探すが、なかなか見つからない。道を歩く人に聞くが、俺の姿を見て眉間に皺を寄せると、俺が存在しないかのようにスルーされた。それも、一人や二人ではなく何人も声をかけた結果、全員がそんな反応だった。

なぜだと思いながら自身の格好を見るが、黒のロングのTシャツにハーフパンツ姿と、そこまでおかしくないと思う。仕方なく再度雑貨屋に戻って、婆さんに服屋の場所を聞く。だが、場所は簡単に教えてくれたが、俺は入れないだろうと言われた。

なぜかといえば、ボロい服や、見すぼらしい服を着てる人は、店に入ってはいけない決まりがあるらしいのだ。ではなんのための服屋だと思ったが、貴族や裕福な商人のためのものらしい。

どうやら道具屋や雑貨屋とかで布地を買い、自分たちで縫うのが一般的だそうだ。では、俺や他のそんな技術がない人たちはどうすればいいのかと言えば、普通は行商人から古着を買うらしい。

行商人は街の広場や市場などにいるとのことで、雑貨屋の婆さんに聞いて、行ってみることにした。

それにしても、この格好でもまだやっぱりみすぼらしいか。道を尋ねた人たちの反応を思い出すと地味にへこむ。

広場に行くまでは、行商人なんてどうやって見分けるんだと思っていたが、行ってみると案外すぐに見つかった。馬車の荷台から大きめの木箱を降ろし、そこから女物の服を出して地面に並べていたからだ。

でも、念のために聞いてみよう。

「すみません、行商人の方ですか？」

「そうだよ。何か入り用かい？」

やはり間違いではなくてホッとした。

「男物の古着とかって扱ってますか？」

「あるよ。あんたと同じサイズがあるかどうかは、見てみないと分からないがね」

「ありがとうございます。見せていただいてもいいですか？」

「いいよ。子供用の箱と、女物用の箱と、男物用の箱とで分けてあるから、男物の箱から好きに手に取って見てみるといい」

「ありがとうございます」

お礼を言いつつ、男物用の木箱を開けてもらって手に取って見てみるが、どれもシオンが着ているような、くすんだ色の白い布の服で、俺が着ている物と大差なかった。

たまに農作業用の継ぎ接ぎだらけの服があるくらいで、やはり普通の服はないのかと諦めかけていると、木箱の一番底にカラフルな服が横たわっていた。

手に取って掲げてみると、俺好みだった。サイズはどうだろうかと自身の身体に合わせてみると、少し大きめだが着れそうだ。

行商人に値段を聞くと銀貨三枚と言われ、他の服よりマシだと思い、購入することにした。

金を払うとき、本当にそれを買うのかと確認されたが、見れば見るほど、この世界に来たときまで着ていた服よりいいと感じ、強く頷いた。

行商人によると、この服は、落ちぶれた貴族が借金のカタとして取られたもので、様々な人の手を経由して、ここにたどり着いたという。それを踏まえて、改めて買うかと問われた。

もちろん、どんな経緯があろうと購入の意思は変わらない。銀貨三枚を払って購入し、路地裏で着替えた。そのままの格好で宿に帰るが、その途中途中、すれ違う人すれ違う人、皆に二度見されたり、羨望の目を向けられ誇らしい気持ちで気持ち良かった。

だが宿に着くと、若者全員に笑われてしまった。個人的には凄くいいと思うのだが……

俺が着ている服は、上着は横縞の黒と黄色のボーダーで、両腕からカラフルな紐がいくつも垂れ下がり、ズボンは足首のあたりがラッパのように広がっているパンタロンと同じ形状だった。

それに加えて、行商人に金を払ったとき、ついでにこの服にセットでついていたというコートまでもらっていた。そのコートは兎の耳のフード付きで、裾あたりにいくつかスリットが入っている。

何が悪いのか、明日から始まる護衛依頼の後にでも、ダンク姐さんとシオンに聞いてみようと思った。今まで着ていた服と灰汁の入った木桶は、前もって女将に倉庫に入れておいてもらうよう頼んだ。

第二十六話

若者たちには宿の食堂で再び会ったとき、明日から何か問題があれば、シオンかダンク姐さんに頼るといいと言っておいた。

このことはまだシオンには言ってないが、面倒見のいいあいつのことだ。きっとぶつぶつ言いながらも了承してくれるだろう。俺は若者たちと食堂で別れたあと、そのままシオンの泊まっている部屋に向かった。

「どうした？」

「明日から数日、護衛の依頼で留守にするから、あの子たちの面倒を見てやってくれないかな？　もちろん、ずっとじゃなくてもいいからさ」

「面倒だがいいぞ。数日部屋を空けるなら、きちんと女将（おかみ）に荷物の預かりとかを依頼しておけ。と言っても、お前に荷物なんて、ほとんどないだろうがな」

「俺だって、預ける荷物の一つや二つは持ってるよ。ああ、そういえば、シオンに見せたい物があったんだった。レイン様にもらったやつだよ」

「あ、なんだ？　何かとても貴重な物のような気がするんだが……」

「うーん、どうだろ？　友好の証（あかし）とかでもらった物だから分からないけど、とりあえず見てくれないかな？」

「分かった。お前の部屋に行こう」

そうして、俺の部屋に行き、布で覆い隠していたレリーフを手に取って、シオンに渡した。

「なんだ？　これ？　布取っていいのか？」

「いいよ。それの価値を教えて欲しいんだけど」

シオンが布を捲（めく）った。すると、目が飛び出るんじゃないかってくらいに見開いた。

「この馬鹿野郎ーーー!!　なんて物を無雑作に置いてやがる！　お前こういった物はなあ、きちんとギルマスのグレンのところで保管してもらうのが普通なんだよ！　それを、布で覆って無雑作に置いてあるだけって、ふざけんなよ!!　王族の、しかも彼の国の皇族の紋章の入ったレリーフなんて、持ってるやつは、懇意にしている貴族か、ごくごく一部のやつだけなんだよ！」

「じゃあ、俺がそのごくごく一部だ」

「そういうことを言ってんじゃねえ！　とりあえず、布で隠したままグレンのところに行くぞ」

そんなに大事な物だったのか？　俺はレインをただの他国の貴族くらいにしか考えてなかったし、これもそこまでの価値があるとも思っていなかった。

そんなわけでまたまたグレンの部屋を訪れる。部屋に入ると、グレンは何事かとギョッと驚いた表情でこちらを向き、書類を手にしたまま止まっている。

「グレン、ちょっと話があって来た」

「あ？　なんだ？　お前、俺が注意したばかりなのに、早速何か問題でも起こしたのか？」

「ミーツ、お前また何かやったんだな。今度聞くが、今はそれどころじゃねえな。まずグレン、これを見てくれないか？」

シオンはレリーフにかかった布をグレンに捲(めく)ってみせた。

「な、おい。これって」

「ああ、見た通り、あの国の皇族のレリーフだ。こいつが、依頼先でもらったんだと。それをこの男、宿屋の部屋に無雑作に置いてやがったんだ」

「また、やらかしたな、お前！　分かった。お前たちが本格的に旅立つまでの間、俺が責任持って預かっておこう」

「助かる。お前、俺に見せなかったら、どうしてたんだ？　まさか、宿の倉庫に保管してもらうつもりだったんじゃないだろうな？」

「そのつもりだったけど。てか、一度倉庫に入ってるしね、そのレリーフ。こないだ外に出たときに預けたからな」

「「はーー、疲れるな。ホント、お前のやることなすことに！」」

シオンとグレンは同時に溜息を吐いた。俺の行動に、心底呆れて疲れているようだった。

「まあまあ、落ち着いてくれよ。そんなに大事な物だったなんて思わなかったんだよ。プリン出してやるからさ」

そう言ってシオンとグレンを宥めつつ魔力を循環させ、今日の昼頃にグレンにあげたものと同じプリンを想像魔法で出してやった。

ただ、一度出したからといって、さっと簡単に出せるものでもないらしい。出すのに結構時間がかかってしまった。

ちなみに、この部屋にあった木桶に入るサイズで出したため、ＭＰがゴッソリとなくなってしまった。グレンが目をキラキラさせている。

もちろん、木桶はプリンを出す前に、魔法で清潔にしている。

「お詫(わ)びも兼ねてどうぞ、食べてください。一人で食べるには、大きすぎだと思うんでシオンも食べなよ」

「ミーツ、これはなんだ？　黄色でプルプルしてるがどうやって食べるんだ？」

「おおおお！　これだよこれ！　ミーツ！　お前に昼間もらってから、また食べたいと思っていたんだ」

「おいおいグレン。大丈夫かお前、目が正気じゃないぞ」

「ははは、グレンさんはこれの虜(とりこ)になったんですね。シオン、これはスプーンで食べるんだよ」

「なにぃ！　そうだったのか。お前にもらったさっきのやつは素手で食べたが、至福のひとときだった。気付いたらなくなっていたぞ。ダンクは隠して持って帰っていったな」

グレンはあのプリンを、素手で食べちゃったのか。

「そんなにか！」

「じゃあ、そういうことなんで失礼しますね。シオン、明日から俺の同郷の子たちの面倒もよろしくな。シオンがそれを気に入れば、帰ったときにでもまた出してやるから」

それだけ言うと、すぐに部屋を出て一階に下りていく。外に出る扉の前あたりで、モアが俺が出てくるのを待っていたかのように立っていた。すぐにでも宿に帰りたかったが、モアは俺を見つけるなり駆け寄ってきた。

「どうされたんですか？」

「ミーツさんを探していたんです。先程、宿の方に行っても留守だったので」

「あー、ギルマスの部屋で話していました」

「そうだったんですね。あの素晴らしい食べ物のことを教えてもらおうと思って。あれってどこかで買われたのですか？　それともご自分で作られたのですか？」

モアからゼリーについて質問されてしまったが、魔法で出しました、なんて言えるわけがない。どうしよっかなと思いつつ、そろそろ上からシオンの大声が聞こえそうだから、とりあえずギルドから離れた場所で話そうと連れ出すことにした。

「ちょっと、いいですか？」

モアの背中に手を当て一緒に横並びで歩いて、俺が泊まっている宿に向かいながら、ゼリーについての作り話を話した。

「モアさん、あれはたまたま市場で行商人が売ってた材料で作ったんですよ。多分、なかなか手に入らないと思います。容器は適当な物がなかったので、私の故郷から持ってきていたものを代用しただけなんです」

「そうだったんですね」

モアは明らかに落ち込んだ様子で、首をガックリと落とした。その様子に少し罪悪感を覚えてしまう……

「いずれモアさんにも話せるようになればいいのですが……モアさんも何となく私の秘密に気付いていますよね？　少なくとも、私がモアさんに話せない秘密を抱えているのを」

「もちろんです。あれだけ頻繁にギルマスの部屋に出入りしてたら、何かあるんだろうって誰だって気付きます」

うん分かっていた。そうだろうと思っていた。

気付かれない方がおかしい。それに、ギルド内の掃除の件もあるから、なおさら怪しいだろう。

やっぱり、こんなに落ち込んだ女性を放ったらかしにできない。後で宿に呼んで、こっそりゼリーを渡そう。

「じゃあ、私は明日から護衛の依頼のため、この王都を数日留守にしますので、今晩にでも私が泊まってる宿に来てもらっていいですか？」

魔法のことは言えないから、余ったゼリーをあげるということにしよう。今の言い方で問題ないはずだと思うが、大丈夫かな？

「え、えと、あの、まだ私たちはそこまで親密な関係ではないと思うのですが。で、でも、どうしてもとおっしゃるなら……ちゃんと責任取ってくださいますか？」

やはり、今の言い方で勘違いさせてしまった。

未婚の女性を夜に、しかも宿に個人的に呼ぶこと自体、確かにおかしなことだよな。

「あ、えーと、そういうことじゃなくてですね。え～と、そう！　あの食べ物を渡したいのですが、もう少し人目のつかない遅い時間の方がいいかなと思っただけなんですが」

ゼリーの受け渡しについての言葉だと説明しようとしたのだが、だんだんと最後の方は小声になってしまった。

「あ、すみません。ミーツさんが私に気があると勝手に勘違いしていました」

「あ、それは勘違いじゃないですよ。気があるのは本当ですけど、ただ、まだそういったお付き合いをするのは違うというだけの話でですね」

俺の言葉にモアは驚いた表情でこちらを見て、具合でも悪いのか、顔が真っ赤になった。モアは俯いて黙ってしまったが、何かおかしなことを言ったかな？　全く心当たりがない。

「まあ、いいです。今から私が泊まっている宿の部屋に行きましょう。あの食べ物の残りをお渡しします」

歩きながら、だいぶ回復したＭＰを確認しつつ、魔力を循環させ練りあげていった。

部屋に着くと、モアには扉の前で待ってもらい、俺だけ中に入って、再度ゼリーを出したが、マズイ物が出てしまった。

雑念が入ったせいか、モアの裸体型のゼリーと、昼間にあげたゼリーが双方出てきてしまったのだ。もう想像魔法ではなく、妄想魔法だなと、ゼリーを眺めつつ苦笑いしてしまう。

モア型のゼリーは、果物もちゃんと入った、大きさ五十センチほどのものだ。幸い筋力がかなり上がっていたため、重たいと感じることもなく、持ち上げることができる。どうするか。ヤバイ物ができたが、もう明日から護衛でいなくなるため、処理のしようがない。

部屋の外で待たせているモアのことを考えると、時間もないし焦った。そうだ、モア型のは崩して若者たちにあげるか——とも思ったが、それだとどうやって作ったかとか色々聞かれて、さらに面倒なことになる。色々と考えていたら、扉を叩く音が聞こえてきた。

「どうされました？　私出直しましょうか？」

「いえ、いいです。そのまま入っていただいて」

モア型のゼリーの処理については諦めて、引かれようが嫌われようが、全てを彼女に委ねることにした。彼女はゼリーを見るなり、手を口に当てて驚きの表情で固まった。

ドン引きされた。それはそうだ。こんな気持ち悪いおっさんが、自分をモデルにした裸体のゼリーを作ったとか、気持ち悪いだけでは済まない。

ストーカーが、好きな人の写真を部屋中に貼るのよりも気持ち悪いと、出した俺自身が思った。いまだにマジマジと自身を模した裸体ゼリーを眺めているモアも、きっと俺と同じ考えで、どう言葉を発すればいいか悩んでいるのだろう。

「そんなに、私のこと想ってくれたんですね、嬉しいです」

予想とは違う言葉がモアから発せられた。罵倒され暴力を受ける覚悟もしていたのだが、嬉しそうにニヤけたモアの姿に、俺は逆に引いてしまう。

「ええと、実は雑念があって作ってしまったもので……。幸い私は筋力がかなりありますから、ギルドの寮まで持っていきますね」

ゼリーの周りにビニールのような物を想像魔法で出して巻きつけ、それを布で覆い隠した。さらに、木桶を清潔にして、そこにゼリーを崩れないように入れて外に出る。もう一つのゼリーはモアに持ってもらった。

「これは、ギルドの寮でいいのですよね？　女性の寮は男性の寮と一緒ですか？」

「いえ、少し離れてますけど、私が先導しますので、ついてきてください」

そうしてモアの案内で、無事にギルドの女性寮に着いた。モアがいたため、受付も難なくクリアし、俺の持ってたゼリーは女性寮の食堂に置かれた。そそくさと退散しようとしたとき、ほっぺにキスをされてしまった。

「これは、お礼です。さすがに唇にはまだできないので、これで我慢してください」

「いえ、ありがとうございます。いい思い出になります。では、また依頼が終わり次第、ギルドに

行きますね」

モアの行動を、正直可愛いと思ったが、俺みたいな冴えないおっさんが手を出していい存在じゃないと考え、頭を下げてそそくさと宿に帰った。

宿の自室に戻った俺は、すぐに寝る準備をする。そして横になりながら、この世界に来てからのことを振り返った。

召喚に巻き込まれて、この世界に勝手に呼ばれたのに追放され、街では身ぐるみを剥がされ、今日まで様々な過酷なことがありつつも、たくさんの人に助けられて、今の俺がある。

その中でも、シオンとダンク姐さんの存在は大きい。他にも、灰をくれた飲食店の親父や貴族の依頼で会った人々、雑貨屋の婆さん、ギルドマスターであるグレンもよくしてくれているし、他にも色々な人と出会った。

そんな人たちに恩を返せる日が来るかどうかは、今のところ分からないが、いつか何かしらの恩返しをしたいと思う。

そして、俺自身は現時点では元の世界には特に帰りたいとは思わないけど、まだ未来のあるあの高校生たちくらいはいつか日本に帰してやりたい。

とはいえ、俺が今しなければいけないのは、明日からの護衛の依頼だ。とりあえず目先の仕事から頑張ろうと、今までのこととこれからのことを思いながら、眠りについた。

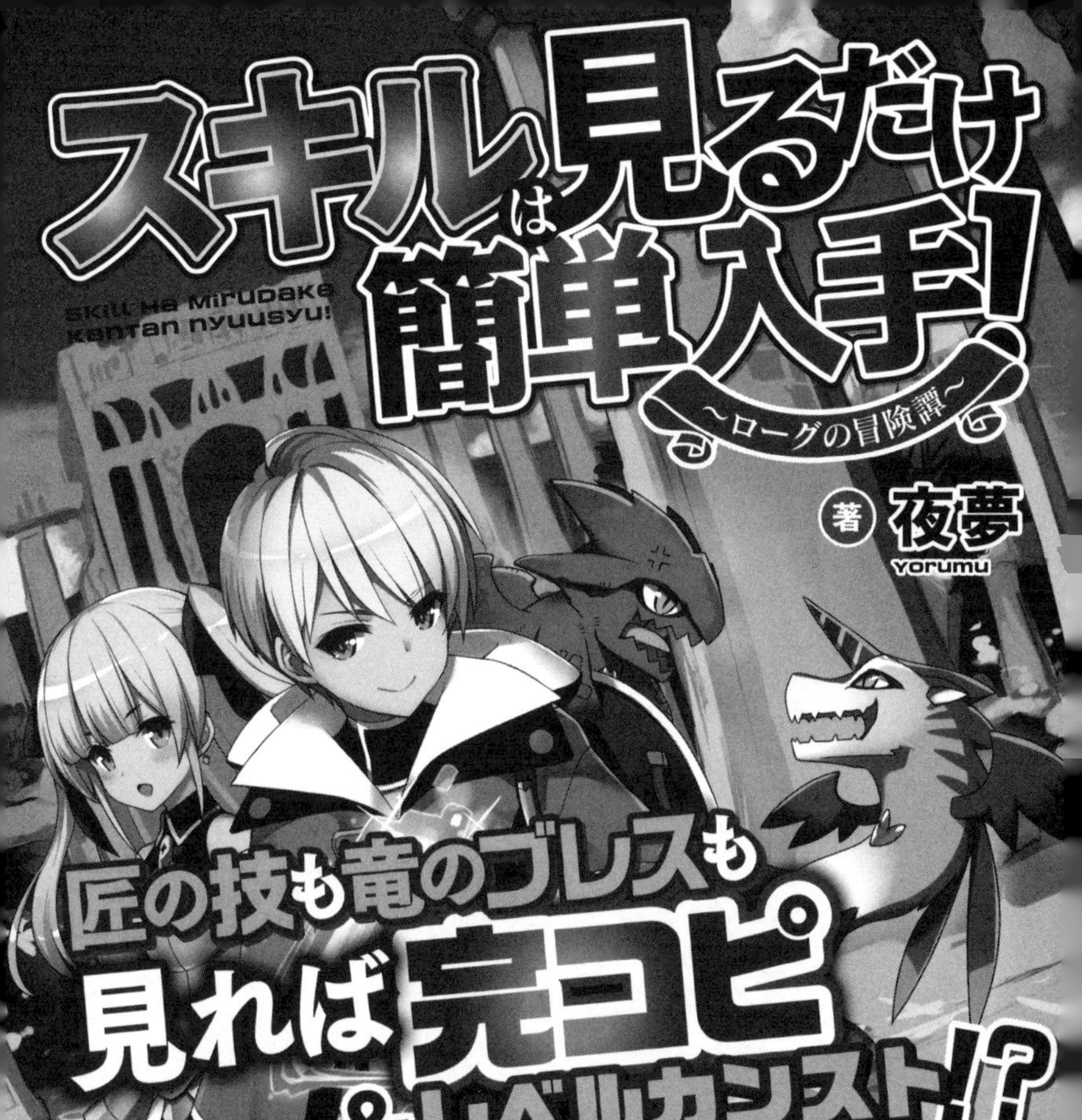

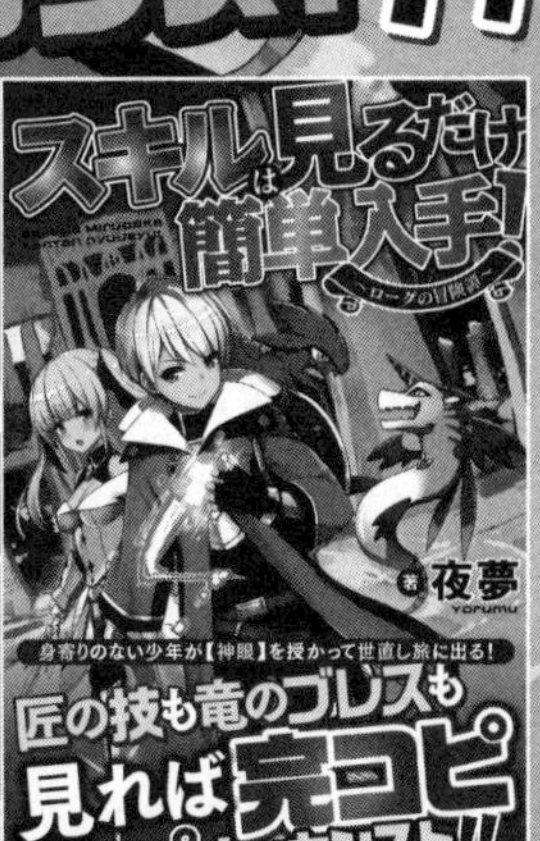

Henkyou kizoku no Tensei ninja

辺境貴族の転生忍者は今日もひっそり暮らします。

空地 大乃

Sorachi Daidai

もふもふ狼と一緒に(こそっと)人助け!

最強少年の異世界お気楽忍法帖、開幕!

「日ノ本」と呼ばれる国で、最強と名高い忍者が命を落とした。このまま冥土に落ちるかと思いきや、次に目覚めたときに彼が見た光景は、異国の言葉を話す両親らしき大人たち。最強の忍者は、ファンタジー世界に赤ちゃんとして転生してしまったのだ!　「ジン」と名付けられた彼には、この世界の全生物にあるはずの魔力がまったくないと判明。しかし彼は、前世で習得していた忍法を使えることに気付く。しかもこの忍法は、魔法より強力なものばかりだった!?　魔法を使えない代わりに、ジンはチート忍法を使って、気ままに異世界生活を楽しむ――!

●定価：本体1200円+税　●ISBN 978-4-434-27235-6

●Illustration：リッター

この作品に対する皆様のご意見・ご感想をお待ちしております。

おハガキ・お手紙は以下の宛先にお送りください。

【宛先】

〒150-6008 東京都渋谷区恵比寿 4-20-3 恵比寿ｶﾞｰﾃﾞﾝﾌﾟﾚｲｽﾀﾜｰ 8F
（株）アルファポリス　書籍感想係

メールフォームでのご意見・ご感想は右のＱＲコードから、
あるいは以下のワードで検索をかけてください。

ご感想はこちらから

本書はWebサイト「アルファポリス」（https://www.alphapolis.co.jp/）に投稿されたものを、改稿、加筆のうえ、書籍化したものです。

底辺から始まった俺の異世界冒険物語！

ちかっぱ雪比呂（ちかっぱゆきひろ）

2020年　3月　30日初版発行

編集－加藤純
編集長－太田鉄平
発行者－梶本雄介
発行所－株式会社アルファポリス
〒150-6008 東京都渋谷区恵比寿4-20-3 恵比寿ｶﾞｰﾃﾞﾝﾌﾟﾚｲｽﾀﾜｰ8F
TEL 03-6277-1601（営業）03-6277-1602（編集）
URL https://www.alphapolis.co.jp/
発売元－株式会社星雲社（共同出版社・流通責任出版社）
〒112-0005 東京都文京区水道1-3-30
TEL 03-3868-3275
装丁・本文イラスト－木志田コテツ
装丁デザイン－AFTERGLOW
印刷－中央精版印刷株式会社

価格はカバーに表示されてあります。

落丁乱丁の場合はアルファポリスまでご連絡ください。

送料は小社負担でお取り替えします。


ISBN978-4-434-27236-3 C0093